JN110276
青龍の献身
貴方に捧げる300年
「虎白、私の番になってくれるのでしょう？
だったら、私は今すぐ君と繋がりたい。
名実共に君を私の番にしてしまいたいんだ。駄目……？」
首を捻って何とか背後を振り向くと、
星龍が困ったような顔でこちらを見ていた。
「つ、番になってもいいって言った……」

青龍の献身
貴方に捧げる300年

佐倉 温

23529

角川ルビー文庫

目次

口絵・本文イラスト／Ｃｉｅｌ

「虎白‼」

血溜まりの中でぐったりとしていた子供に駆け寄り、もう一人の子供が泣いている。

「嫌だ、嫌だよ……っ、私を置いていかないで……！」

悲痛な声が辺りに響く。起こした身体を必死に抱きかかえ、一人にしないでと訴える。

「泣く、なよ……」

「虎白っ、どうして……どうしてこんなことに……！」

わんわん泣く子供に、腕の中の子供が小さく笑った。

「泣くなよ……笑ってるお前の顔が、好き……なのに……」

「虎白⁉　虎白！　嫌だ！　待って、嘘だ、やめて！　こんなの嫌だ……っ、虎白‼」

子供には、腕の中で失われていく体温を止める術がない。あまりにも無力だ。ただ命が消え去るのを、見送ることしかできない。

「誰か……誰か、虎白を助けて……！　何でもするから、私から虎白を奪わないで……！」

声は誰にも届かず、虚しく辺りに響くだけ。そうして、二人の時間は永遠に失われる。

……はずだった。

獣人族の長達が集まる、華やかな宴。数年に一度開かれるそれを楽しみにしている者達は多いが、虎白は決してその中の一人には当てはまらない。

何が楽しくて、このように集まって騒がねばならないのか。先ほどよりあちらこちらから聞こえてくる長達の話も、ひどくくだらないものばかりだ。

やれどこの子が人間をかどわかしただの、あそこの長は番に逃げられたらしいだのと、わざわざ集まってするような話かと思うほど下世話なものばかり。聞きたくもないのに虎白の優秀な耳が拾ってしまうから、機嫌は益々悪くなった。

高い位置で一つにまとめただけの髪が、肩のほうに垂れてくるのを払う。周囲にいる長達の頭にはそれぞれ立派な冠が付けられているが、虎白の髪は組み紐で結ばれているだけだ。そもそも、自分はこんなところにいるべき存在ではないのだから、当然のことだが。

髪を結っているせいか、きつく撥ね上がった目を細め、虎白は杯に映った自分の姿をぼんやりと眺めた。

白虎族は勇猛果敢な一族であり、筋骨隆々な見た目が特徴と言われるほどであるのに、虎白の見た目は亡くなった母に似てどこか女性的な作りである。白髪が多い一族の中で、虎白は唯一人の黒髪でもあり、唯一特徴が出ているのは金色の瞳だけ。幼い頃からその見た目を散々からかわれ、白虎族であることを疑われたことも何度もあった。

鍛えても鍛えても、細身の身体には肉がつかず、最近ではすっかり見た目については諦めている。どうせ見た目だけ変えたところで、自分の待遇が変わる訳ではないのだ。

手入れが行き届いていない髪は癖が強く、すぐに毛先がくるりと丸まってしまう。横に垂らしている髪に指を巻きつけて、いつ見てもみっともないな、と虎白は杯から目を逸らした。

毛先が傷んでいるのは、先日退治した妖と争った際に燃えたからだろう。邪魔な髪をいっそ切ってやりたい気持ちになるが、髪には神通力が宿っており、切れば力が弱まってしまうため、それもできない。

暇に飽かせて、虎白は視線を周囲に走らせる。白虎族の者は白に金糸で刺繍を入れた衣を着ることが多いが、それを許されていない虎白は黒鳶色の薄汚れた衣を着ており、華やかな色を纏う者が多い中で悪目立ちしていた。身を縮こまらせるほど気弱ではないが、居心地が良くないことに変わりはない。

「いつになったら主役が到着するのだか」

獣人族が崇める一族の長がいつまで経っても現れないため、時間になったというのに宴が始まる気配がない。こんなくだらない茶番は、さっさと終わらせて帰りたいのだが。

部屋の隅の席で欄干に凭れかかりながら、杯に口をつける。中庭を挟んだ向こうの外廊下でもこちらと変わらず姦しい声が響いていて、余計に帰りたくなった。白虎族の長である父の命令でなければ、とっくの昔に立ち去っているところだ。

「ほら、虎白様、そんなに不機嫌な顔をしないで」

虎白の頬を摘まんでへらりと笑うのは、お付きとして連れてきた真白である。赤子の頃に拾った人間の子供で、年の頃は十二。高い神通力を持つ者なら何千年という時を生きることもできる獣人族の虎白からしてみれば、瞬きしている間の速さで人間は老いていく。

言葉も話せなかった赤子は気がつけばすっかり生意気になっていたが、まだ子供らしさを残した顔にくるくると変わる表情が愛らしい。虎白の真似をして髪を伸ばしてひとまとめにしているが、そういうところにもいじらしさを感じてしまう。

「そんなにだらしなくしていたら、また長に白虎族らしくないと怒られますよ？」

「知ったことか」

そんなことより酒を注げ、と杯を突き出すと、呆れ顔をしながらも真白が酒を注いでくれる。足を立てて行儀悪くそれを飲み干し、虎白はぺろりと唇を舐めた。

すでに白虎族として認められていないに等しい虎白にとって、そのようなことは今更だ。

獣人族は、変化が出来て一人前と言われる。ここにいる長達も皆、それぞれの種族の特徴である耳やら尻尾やらを具現化している訳だが、虎白は生まれてからこれまで、一度も変化が出来たことがなかった。

獣人族において、成年期を迎えても変化が出来ぬ者などほとんど例がない。そのせいもあって虎白は一族からすっかり疎まれ、鼻つまみ者の扱いを受けている。

だが変化が出来ない虎白には何故か、白虎族一番の神通力が備わっていた。

白虎族は、獣人族の中でも神に近い一族である四神として尊ばれている。だが、近頃は強い神通力を持った者が生まれることは少なく、そのため白虎族から放り出してもらうこともできず、飼い殺しのような扱いを受けているのである。

今朝、虎白を睨みつけていた父の顔を思い出した。虎白を公の場になど出したくもないのに、他に行かせることができる者がいないことに対する怒り。幼い頃から見慣れた表情だが、そのような父の顔を見るたびに、自分が疎まれていることを嫌というほど感じた。

自分の首につけられた、忌々しい首輪に触れる。この首輪がある限り、虎白はどこにも逃げられない。

幼い頃につけられたこの首輪は、一見するとただの装身具のように見えるが、実際は罰を与えるための拷問具だ。虎白が一族に反抗すると、力の跳ね返りが来るように作られている。腹立たしいことにこちらの力に反応するため、虎白が強くなれば強くなるほどに跳ね返る力も強くなるから、こんなくだらない首輪一つを、いまだに外すことができない。

いっそ死ねば解放されるのか。そう考えたこともあるが、今はそれもできない。隣で物珍しそうにきょろきょろしている真白に視線を向け、虎白は「あまりはしゃぐなよ」と苦笑した。

拾った以上、最後まで世話をしなければならない。少なくとも真白が生きている間は、虎白には生きなければならない理由があった。

「うわあ、虎白様！　見てください！　綺麗ですよ！」

ざわりとした気配がして、その後周囲に一斉に蝶が飛び始める。飛び立った蝶が同じ場所を目指すのを見て、虎白は思わず「やっと来たか」と吐き捨てた。

相変わらずだ。あの美貌は、見た者全てを惑わせる。龍族の長というよりも、妖か何かと言われたほうがしっくりくる。

心の中で悪態を吐きながら、蝶が目指す方向に視線を向けると、思った通りの男が外廊下を歩いてくる姿が見えた。それに合わせて動く、人々の群れと蝶の群れ。本日の主役が、やっと到着したようである。

いつ見ても、憎たらしいぐらいに煌びやかな龍だ。白銀の艶やかな長髪を靡かせ、薄緑色の深衣に垂れ下がる長い袂がなびく様まで優雅なあの男の名は、星龍と言う。獣人族を束ねる四神の中でも最上位である龍族の長で、誰もが憧れる容姿と神通力、そして知識を持つ男である。立派な角を二本生やし、大きな尾まで備えている。翡翠を思わせる緑がかった瞳も、あの男が龍であることの証だ。

あの男を視界に入れるたび、虎白は変化ができない自分の身がみっともなく思え、劣等感を覚えてしまう。あれほど光り輝き、皆に尊ばれるような男と自分とでは、比べるべくもないの

だが。

獣人族には四神と呼ばれる上位の種族がいる。龍族、白虎族、玄武族、朱雀族。それぞれ、先祖は神の眷属であったと言われる特別な一族であり、神通力が高い者が多く生まれるが、その中でも龍族は最も神に近いと言われている一族だ。

特に当代の玄武族と朱雀族の長があまり表に顔を出さないので、益々龍族の存在感は増している。本日も、四神の中で宴に顔を出したのは龍族と白虎族のみ。しかも白虎族の代表が虎白となれば、あの男に視線が集中するのは当たり前と言える。

「どうしてあの方の頭上には、あんなに蝶がいるのでしょうか？　綺麗だからかな？」

「好きな相手に文を送るのと似たようなものだ」

虎白はふんと鼻を鳴らす。

頭上を飛び回っている蝶の数はそのまま、この場にいるあの男に思いを寄せる者の数と同義だ。

あれは昔からある恋のかけひきの遊びのようなもので、慕う相手に紙の蝶が届いたら、その思いが叶うなどというくだらない迷信からきたものだ。

いつから、こんな遊びが長達の集まりで行われるようになったのか。このような集まりに顔を出したのは久しぶりだが、長達はどうやら暇人ばかりらしい。

虎白は一族にこき使われ、やれあちらに妖が出たこちらで問題が起こったと飛び回る羽目になっているというのに。暇なら少しぐらい引き受けてもらいたいものだ。

そもそも、今回だって虎白が顔を出すはずではなかったのだ。白虎族の中では鼻つまみ者の自分が、一族を代表してこのような場に出ることなど、よほどのことがない限りはあり得ない。今回は、そのよほどのことが起こってしまっただけなのである。

まさか、皆が一斉に体調を崩すとは思わなかった。どうせ一族皆で集まって、何か美味いものでも食べたのだろう。虎白にだけ振る舞われなかったお陰で助かったようだが、そのせいでこのような場に駆り出されることになったのだから素直に喜べない。

「虎白様、これ」

何となく星龍を眺めている間に、いつの間にか席を立っていたらしい真白が、嬉しそうな顔で戻ってくる。

「まさか、お前もか？」

真白が差し出してきたのは、紙の蝶だった。まさかお前まであの龍に惚れたのかと目を眇めれば、真白は声を上げて笑って、虎白にそれを手渡してくる。

「違いますよ。可愛かったので飛ばしているのを間近で見たくて、いくつかもらってきたんです」

くだらない。そうは思ったが、真白が期待を込めた目で見つめてくるので、虎白はため息を吐いてから紙に息を吹きかけて力を込めてやった。紙が虎白の手から舞い上がり、真白の周囲をひらひらと飛び回る。

「うわあ、すごい！　さすが虎白様！」

真白は赤子の頃、親とはぐれて瀕死になっていたところを虎白に拾われた。それ以来、ずっとこうして虎白に懐いている。

赤子の頃から手をかけたので虎白にとっても我が子同然で、手元に置いて可愛がっているが、人間の身体は脆いので、普段は館で身の回りの世話をさせている。こうして外に連れてきたのは初めてのことだ。

獣人族の長達は暇を持て余している。人間を玩具のように扱うものも稀にいるため、あまり連れてきたくはなかったが、本人がどうしても留守番は嫌だと駄々を捏ねたのだ。

虎白は真白に大変甘い。そのことについては自覚があった。何せ、人の一生は短い。叶えられる願いはなるべく叶えてやりたくなる。

「虎白様！　もう一つ飛ばしてくださいよ！」

真白に強請られ、虎白は仕方がないなともう一つの紙の蝶にふっと息を吹きかける。その蝶がひらひらと飛ぶのを見た真白の顔が、嬉しそうに綻んだ。

「遠くまで飛ばせますか？」

「紙に載せた力が続く限りはな」

真白の頭上で舞っていた蝶を移動させる。少し離れたところまで飛ばしてやると、真白が

「すごいすごい！」と手を叩いて喜んだ。

「さすがですね、虎白様！」

人間である真白にとっては、この程度のことですら面白く映るらしい。可愛らしいものだと思いながら、真白と共に何とはなしに自分が飛ばした蝶を眺めていると、誰かの手がその蝶をそっと捕まえる。

「あ……！」

真白の驚いた声とほぼ同時に、館の中に悲鳴が広がった。そのあまりのけたたましさに、虎白は思わず耳を塞ぐ。騒ぎの原因に視線を向けると、虎白から少し離れたところで蝶を手に留めている星龍と視線が絡んだ。

またお前か。思わず眉間に皺が寄る。騒動の中心にいるのは、大抵この男だ。

「くだらない」

星龍から目を逸らすと、真白が腕を掴んで揺すってくる。

「虎白様、まだ蝶があります」

真白の頭の上に飛んでいるもう一羽の蝶を指差され、虎白は首を傾げた。

「それがどうした？」

「もう一度遠くへ飛ばしてください。せっかくだから私も捕まえてみたいです！」

やれやれ、と虎白は肩を竦める。言われるがままに蝶を飛ばしてやると、立ち上がった真白が楽しそうに追いかけ始めた。

「あともうちょっと！」

真白が飛び上がって捕まえようとするのを、意地悪く高く飛ばして避けてやる。あまりに真白が必死なので、見ているうちにおかしみが湧いてきて、思わずくくと笑みを零していた。

だが、そうした遊戯はすぐに終わる。何故なら、また別の手が蝶を捕まえたからだ。そして、それに続く悲鳴。

虎白はうんざりして、ついに舌を鳴らす。二羽の蝶を指に留まらせた男に聴こえるように、はっきりと。

その見ただけで不機嫌だと分かる様子に、普通の者なら虎白を避けるだろう。けれどあの男は普通ではなかった。あからさまに機嫌の悪い虎白に構うことなく、優雅な足取りでやってきて、朗らかに笑みを向けてくる。

「……久しぶりだね」

こちらを見てふわりと解ける表情は、万人を蕩けさせる魔性の笑みである。どれだけの者が、こうしてこの男に笑みを向けられ、自分だけが特別だなどと勘違いしたのだろう。まったく恐ろしい。

虎白はふんと鼻を鳴らし、すげなく応える。

「三年前に会ったばかりだと思うが」

覚えているのには理由があった。あの時は確か、本来龍族のところを訪ねるはずだった者が倒れて、急遽虎白が届け物をしに行くことになったのだ。その途中で出会った妖を退治するのに時間がかかり、そのまま龍族の里に泊まる羽目になったせいで、真白に要らぬ心配をかけてしまった。

帰った時に『今日中に帰ると言ったのに帰ってこないから、死んだかと思ったじゃないですか！』とおいおい泣いた真白を見て、自分が真白に必要とされていると感じた、虎白にとっては思い出深い日である。

「違うよ。正確には二年と九月と二十五日」

星龍の口から出た言葉に、虎白は思わず眼を瞬かせた。思い出として記憶している虎白とて、そこまではっきりとした日にちを覚えていないというのに。龍族は知識が豊富で記憶力も良いと言うが、そのようにいちいち細かいところまで覚えているなんてあまりにも馬鹿馬鹿しい。

「細かすぎると言われないか？」

「君以外には一度も」

虎白のいやみを受け流し、星龍は勝手に隣に腰を下ろす。

「席はいくらでも空いているだろう？」

暗に他所に座れと言ったつもりだが、星龍は「そうだね。だからここにしたんだよ？」とにこやかに返してくる。この男は一見穏やかで優しげに見えるが、実際のところは自分のやりたいようにしかやらない。押し問答をしたところで無駄だと知っているので、早々に諦めて虎白は星龍から視線を逸らした。

「久しぶりに会ったのだから、積もる話もあるでしょう？」

「ない」

この男としたい話など一つもない。むしろなるべく係わりたくなかった。

今も星龍が隣にいるせいで注目を浴びてしまっている。ただでさえ白虎族の鼻つまみ者は嘲笑の的だというのに、周囲の者達がくすくすと笑いながら嘲る声が耳に届く。

『いやあね、星龍様に阿って、白虎族を乗っ取ろうとでもいうのかしら』

誰が阿っているんだ。その目は節穴か。自分はここから一歩も動いていないのに、勝手に寄ってきたのは星龍のほうだ。

『あれでしょう？　あの子、いまだに変化もできないのでしょう？　そのくせ神通力だけは強いのだから気持ちが悪い。とっととどこかに消えればよいのに』

消えられるものなら消えたいのはこちらのほうだ。白虎族が自分を自由にしてくれると言うなら、今すぐにだって喜んで消えてやるのに。

勝手な言葉ばかりが聞こえてきて、杯を持つ手に力が籠もったが、不意に隣から流れてきた冷気に、周囲のざわめきが止まった。

「今宵の宴は、いつ始まるのかな？」

　どうやら龍族の長は、宴の段取りの悪さにご立腹らしい。笑みを湛えたままではあるものの、圧を感じさせる星龍の声色に、慌てた様子で今夜の宴の主宰が始まりを告げた。

「皆様、どうかごゆるりと」

　居心地悪げに、集っていた者達がそれぞれ席に着き始める。そうして宴が始まれば、あとはもう無礼講だ。飲めや歌えやの大騒ぎ。それを酒の肴に眺めていると、隣で同じく酒を口にした星龍が、天気の話をするようにさらりと言った。

「そろそろ、私と契りを交わす気になった？」

「まったく」

「そう？」

「ああ」

　これはこの男にとって、朝の挨拶と変わりない。顔を合わせれば毎度のように同じ言葉を繰り返すようになって、一体どれぐらい経つだろうか。

　……そうだ。最初は二百五十年前のことだった。

　あの頃はまだ獣人族全体が一枚岩とはいかず、同族同士で醜い争いを繰り返していた。それを一つにまとめたのが龍族であり、当時龍族の長になったばかりの星龍である。

　荒れに荒れていた獣人族をまとめ上げた手腕はさすがで、そのことに関しては虎白も星龍に対して一目置いているが、この男は獣人族同士の争いの最中、世間話のように虎白に言ったのだ。

『私と契りを交わす気はない？』

その当時、白虎族は身の振り方を明らかにはしていなかった。虎白が白虎族の鼻つまみ者であることもまだ伏せられていた頃だから、星龍は虎白と契りを交わすことで、姻戚として強固な繋がりができると考えたのだろう。

龍族は種として子を生しにくい。その代わり、男女の別なく相手を孕ませることができるという噂は聞いていた。だがまさか星龍がそのような提案をしてくるとは思わず、虎白なりに驚きはしたが、返事は一択である。

『断る』

自分にその価値はない。変化のできない獣人族には発情期が来ないため、子を生せる可能性などない。龍族が誰かと契りを交わせるのは一度切りだ。この諍いを終わらせるための切り札としてそれを使うなら、もっと相応しい相手がいるだろう。

あの時も星龍は、今みたいに『そう？』と首を傾げて笑ったのだ。この男にとって、その程度の感情で発せられている言葉に振り回されるなんて御免だ。

いつでもにこにこと笑っているこの龍のことが、虎白は苦手だった。正確には、いつでもにこにこ笑うようになったこの龍のことが、と言うべきか。

星龍は虎白にとって幼馴染みだった。龍族と白虎族の縄張りの境目で初めて会って、それ以来暇さえあれば朝から晩まで一緒に遊んだ。

すでに両親を亡くしていた星龍と、生まれた時に母を亡くし、父には疎まれていた虎白。二人は出会ってすぐに意気投合し、周囲に内緒で密かに友情を育んだ。特に虎白は里に居場所がなかったので、自分を慕って遊んでくれる星龍の存在はあっという間に特別なものになった。

あの頃の星龍は、本当に可愛かった。女子かと見まがうほどに可愛らしい容姿で、いつも『待って、待って』と必死に虎白の後ろをついてきた。喜怒哀楽もはっきりしていて、よく怒るし泣きもする子供だったのだ。それが今ではにこにこと胡散臭い笑みを貼りつけていて、虎白は見るたびにその幼馴染みの変わりように気分が悪くなる。

その頃の星龍が会うたびに虎白に『大好き』だの『愛してる』だの言っていたことをからかってやろうかと思ったが、あまりにおとなげないのでやめた。

幼い頃のことなど、きっとこの男にとっては消したい過去に違いない。その証拠に、星龍からあの頃の話を持ち出されたことはなかった。

虎白とてあの頃の記憶には曖昧なところもあったし、忘れたふりをしてやるのも大人の嗜みである。ましてやこちらは獣人族の中でも悪名高き存在だ。幼馴染みであることなど知られぬほうがいい。

そう思ってこちらは避けてやっているというのに、この男は会えば何故か虎白の近くにやってくる。幼馴染みが孤立しているのを憐れんでいるのかもしれないが、余計なお世話だと言いたい。むしろ星龍が隣にいることで無駄に目立ってしまうため、迷惑でしかなかった。

この男の言動は、いつだって一貫していない。過去をなかったことにしたいのかと思えば、虎白との縁は切らない。すぐに引く割には、距離を詰めたがる。理解できないから、余計に関わりたくないのだ。

「そういえば、また見合いに失敗したそうだな」

龍族の婚姻は、獣人族全体の関心事である。虎白がここに到着した時もその話題で持ち切りだったことを思い出してせせら笑えば、何故か星龍は幸せそうに表情を蕩けさせた。

「ああ、私のことを気にかけてくれるなんて嬉しいね」

見合いの失敗を揶揄されて嬉しいなんて、やはりこの男の考えていることは理解できない。

「別に俺だけじゃない。獣人族全体がその話で持ち切りだ」

見目麗しく穏やかで、神から賜った神通力も獣人族一であるにもかかわらず、星龍はこの二百五十年、ずっと見合いをしては失敗し続けていた。

「よほどの欠陥があるんじゃないのか？」

「さあ、どうかな？　見合いの場でのあれこれを外部に話すことは禁じられているからね」

星龍が首を傾げると、さらりと長い髪が揺れる。そういう仕草に昔の可愛らしかった頃の片鱗を感じて、舌打ちをしたくなったのを堪えた。

あの頃は、こうして首を傾げる星龍を見るのが好きだった。それが今では計算されつくした角度に感じて嫌な気持ちになるのだから、月日というものは残酷である。

「ああ、そうか。龍族の見合いはそうだったな」

見合いの場では、これからのことを擦り合わせるために互いの私的な部分に踏み込んだ会話をすることが多いと聞く。特に龍種は一族しか知らないような秘密が含まれていて、見合いの際には決して見合い中のあれこれを表に出さないという血の誓いを交わすことになっているらしい。

龍族との見合いにはそれ以外にも様々な条件がつけられていて、それもこの龍の見合いがいつまで経っても成功しない理由の一つのようだと風の噂で聞いた。

「それにしても、よくもまあ、次から次へと見合いの相手が現れるものだな」

二百五十年も見合いばかりしていれば、いい加減相手に困りそうなものなのに。虎白はと言えば、この二百五十年、そもそも見合いを持ちかけられたことすらないから、面白くない気持ちになった。

「ええ。そろそろ、その数も少なくなってきた頃かと思うけれど」

星龍の声が幾分弾んでいて、何がそんなに嬉しいのかと虎白は呆れる。見合い相手が減って喜ぶなんて、やはりこの男は訳が分からない。

苛立ち紛れに卓に並んでいた骨付き肉に行儀悪くかぶりつくと、耳元で小さな金属音がして、星龍の目がすっと細められた。

「それよりも、今宵は珍しいものをつけているね」

「ああ、これか」

星龍の向けた視線の先に気づき、耳元でしゃらりと音を立てるものに指で触れる。ここより遠く離れた地で採れる鉱石で作られたものだと聞いた。虎白の目の色と同じ金色に輝く石は、ここ最近の虎白のお気に入りである。

「鷲嵐にもらったんだ」

鷲嵐は、虎白にとって数少ない友人だ。妖退治の際に出会い、会えば話をするようになって、次第に互いに行き来をするようになった。鷲の一族の長であるが、偉ぶったところのない気のいい男である。そう言えば、今日もこの宴に来ると言っていたが、まだ姿を見ていない。

公の場ではあまり近づかないようにしているから、姿を見ても声をかける気はないが、鷲嵐が場にいるだけで空気が和むので、早く来れば良いのに、と思った。

「……そう、鷲嵐に。よく似合っているね」

星龍がにこにこと笑って、その耳飾りに指で触れる。不意に少し離れたところで何かが割れる音と悲鳴が聞こえた。鷲嵐の声に似ていたような気がしてそちらに視線を向けようとしたが、星龍が言葉を続けるほうが先だった。

「では、ぜひ私からも贈り物を」

「必要ない」

何が、では、なのか。星龍から贈り物をもらう理由などない。鷲嵐からこの耳飾りをもらったのは、先日の妖退治で鷲嵐を助けてやった礼なのだ。

「どうして？」

「あなたから物をもらういわれがない」

誰(だれ)かに借りを作るのは好きではない。弱みを作ることになるからだ。幼い頃から守ってくれる者などいない人生を送る中で、虎白が心に刻んでいることの一つだった。

「鷲嵐からはあると？」

「あいつは友だ」

鷲嵐を助けてやったなどというのは恩着せがましい気がして、適当に言葉を濁(にご)す。またどこからか悲鳴が聞こえた。やっぱり鷲嵐のような気がしたが、どこかで他(ほか)の長(おさ)と揉(も)めてでもいるのだろうか。

首を傾げる虎白に釣(つ)られるようにして、目の前の星龍が口元に笑(え)みを浮(う)かべたままでこくりと首を傾(かたむ)げた。

「私は友ではない？」

「違うな」

「では、君の中で私は何なのだろう？」

そう言われて、はて何だろう？　と少し考える。

昔は大事な幼馴染みだと思っていた。けれど今は、獣人族(じゅうじんぞく)の頂点にいる龍族の長と、白虎族(びゃっこ)

の鼻つまみ者で、友などという関係には程遠い。

敢えて言葉を探すなら。

「腐れ縁、か？」

「腐れ縁と友ではどちらが上？」

「さあな」

くだらない問答に付き合うのが面倒になって、虎白は酒瓶に直接口をつけて酒を呷った。それまで背後に控えて黙っていた真白が、虎白の裾をちょんちょんと引っ張る。

行儀の悪いことをしていると、また長に怒られますよ？

視線でそう言っているのが分かったが、虎白は無視してまた酒を呷る。こんなつまらない宴など、呑まなければやっていられない。

「呑みすぎないようにしなさい」

星龍の手が、酒瓶を持っているほうの虎白の腕に触れた。それを振り払い、虎白は見せつけるようにまた酒を呷る。

「うるさいな。あなたに迷惑はかけない」

「迷惑だなどと。ただ、君は呑むとぼんやりとしすぎる」

「余計な世話だ。ちゃんと側仕えがついている」

「……三年前には見なかった顔だね」

星龍の視線が、今宵初めて真白に向いた。ずっと存在を無視されていることに気づいていたが、獣人族の長など大体そんなものだ。人間は弱く儚い者だと思っているから、興味を持って玩具にするか、無視するかする者が多い。

「ああ。二年前から側仕えとして仕事をさせている。その前から館にはいたが、仕事をさせる気はなかったんだ。それなのにこいつが、どうしても何かやりたいときかないから――」

「へえ……君に我が儘を言えるほどの関係ということ？」

星龍の声が、幾分低くなった。それに従って、ひんやりとした空気が周囲に流れ始める。獣人族は基本的に矜持が高い。人間の我が儘を許すなどということが、理解できないのかもしれない。

だが、虎白にとっての真白は大事な存在だ。威嚇するようなそれが不快で、虎白はさりげなく真白を背後に庇い、ふんと鼻を鳴らす。

「我が儘を言ってくれるなら可愛いが、こいつはどうも、遠慮しすぎて困っている」

「遠慮されたくないほどの関係ということ？」

「何なんだよお前、さっきから。回りくどいな」

昔のように気安くお前と言ってしまって、小さく舌打ちをする。どうやら酒が回り始めたようだ。だが、ひんやりとし始めていた空気がほんの少し楽になったのを感じた。

「もっと呑むかい？」

「さっきは呑むなと言ってなかったか？」

「気のせいではないかな」

「お前なあ……」

　またお前と言ってしまい、舌打ちをして口を閉じる。

　幼い頃は星龍がいずれ龍族の長になるなんてことも知らず、偉そうな口をきいていたものだが、そんなものはもう昔の話だ。互いに種族を率いる一族であるため、何だかんだと顔を合わせる機会はあるが、成人してから私的な理由で会ったことは一度もない。これからもない、と虎白は思っていた。

　酒が回った頭で、ぼんやりと星龍を見つめる。いつ見ても、腹が立つぐらいに美しい。

　虎白にとっての初恋は星龍だった。当然だ。この世で一番綺麗な生き物なのだ。誰だって見惚れるに決まっている。幼い頃は星龍だって虎白のことを好きだ好きだと言っていたから、すっかりその気になって将来はお嫁さんにしようと思っていたことだってあった。

　けれどある時を境に、星龍は虎白を好きだと言わなくなった。きっと虎白が鼻つまみ者であることを知ってしまったのだろう。そうして虎白の初恋は終わり、星龍とは距離を置いた。

「私の顔に、何かついている？」

「そうだな。目と鼻と口がついてる」

「ああ、やっぱり酔っているね」

くすくすと笑った星龍が、虎白の手から酒瓶を取り上げる。

「ほら、少しはお水を飲んで」

言われるがままに水を口にしながら、虎白はまたぼんやりとした頭で考えた。

そもそも、この男にはすでに親しくしている相手がいる。それなのに、何故今も見合いを繰り返しているのだろう。

星龍が親しくしている相手。それは美しい白鹿の一族の鹿琳だった。透けるほど美しい肌に、ころりと丸く愛らしい瞳、長い髪は白銀のようにきらきらと光り、見る者を楽しませる。見目麗しく、星龍の隣に並んでも何ら遜色がない。番にするに相応しい相手だ。

今も少し離れたところからこちらを窺っているが、虎白に向ける視線は険しい。虎白如きが星龍と親しく話すことが気に入らないと、その表情に書いてある。

何度か鹿琳のほうから『あの方に近づかないで』と牽制されたことがあるが、まったくの誤解で、不快でしかない。だから余計に、虎白は星龍を避けているのである。

それなのに空気の読めないこの男は、虎白が避ければ避けるだけ、距離を詰めてこようとするのだから困る。鹿琳との恋の駆け引きとやらなのかもしれないが、ぜひ自分とは関係のないところでやって欲しいと願う虎白である。

苛立ちまぎれに酒が進む。酒には強いのでよほどのことがなければ酔わないはずだが、今日はどうにも呑みすぎたらしい。

厠にでもと立ち上がれば、ふらりと足がよろけたが、それを支えたのは星龍だった。

「君が酔うなんて珍しいね。何か嫌なことでもあった？」

お前が俺なんかを支えるから今だって鹿琳に睨まれているし、嫌なことばかりだ。そうは思ったが、口には出さないだけの理性は残っている。

「構うな、離せ」

腕を支える手を振り払って去ろうとしたが、逆に強い力で摑み直され、無理やりに外へと連れ出された。

「酔いを覚ます必要がある。少し外へ」

「おい、何のつもりだ！」

引き摺るように中庭に連れ出されたところで、ようやく星龍の手を振り払うことに成功する。強く摑まれた腕がじんじんと痛くて、それにも苛立った。見た目は嫋やかにさえ見えるのに、この男ときたらとんでもなく力が強いのだ。

「何か嫌なことがあったのなら、私に話して欲しい」

「は！　龍族の長はさすがお優しい！　嫌なことだと？　むしろ嫌でないことを数えるほうが難しいな！」

「虎白、私は本気で言っている」

「俺だって本気で言っているさ！」

生まれてからずっと、嫌なことのほうが遥(はる)かに多かった。けれど、それを話して何になる。何も解決しない。だからずっと心に秘(ひ)めて生きている。

無遠慮(ぶえんりょ)に人の心に踏(ふ)み込んでこようとするような言葉は、虎白をひどく苛立たせた。何も知らないくせに、施(ほどこ)しのように気まぐれに優しさを振り撒(ま)こうとするこの男が嫌(きら)いだ。

手に力を込めた虎白が星龍を殴(なぐ)ろうとするのを、慌(あわ)てた声に止められる。

「虎白様！」

真白だ。後ろをついてきていたらしい真白は、虎白の腕にしがみついて必死に言い募(つの)る。

「虎白様、もう帰りましょう？　ね？」

必死にそう訴(うった)える真白の表情に、虎白は冷静さを取り戻(もど)した。腹の底に沸々(ふつふつ)と湧(わ)いていた怒(いか)りが、収まっていくのを感じる。龍族の長相手に、自分は一体何をしようというのか。

握(にぎ)った拳(こぶし)をゆっくりと開き、小さく息を吐(は)く。

「……酒を呑み過ぎたようだ」

「虎白」

「帰る」

星龍に背を向ける。もうこれ以上、この場に居たくはない。宴の半ばまでは出席したのだから、白虎(びゃっこ)族としての面目(めんぼく)も立つはずだ。

「虎白、待って！」

星龍の声がしたが、虎白は振り返らずに歩き出す。

所詮この男とは分かり合えない。ずっと龍族の子として大切にされてきたお前に、俺の何が分かる。立派な角と尻尾を持つお前に、俺の気持ちなど分かるはずがない。

最早ただの八つ当たりだと分かっていても、そう思う気持ちを止められなかった。

「虎白様」

隣を歩く真白が、心配そうに顔を覗き込んでくる。

「何だ」

「虎白様は、あの方とどういうご関係なんですか？」

「……ただの腐れ縁だ」

「そのわりには……」

背後を振り返った真白が、何やら口ごもった。何でもはっきりものを言う真白にしては珍しい。

「どうした？」

「いえ、何でもありません」

真白はぶるりと肩を震わせ、「帰りましょう！」と虎白の腕を引っ張った。

「こういう時は、ゆっくりお風呂に入って寝るに限ります」

「そうだな」

　嫌なことはいちいち引き摺らない。そんなことをしても意味がないからだ。嫌なことは日々起きる。その一つ一つを気にしていたら、虎白はこれまで生きてこられなかった。

　当分、あの男には会いたくない。今の虎白が引き摺るとすれば、それぐらいだ。


「星龍様と喧嘩をしたって？」

　にやにやとおかしそうに笑いながらの友の言葉に、虎白はむっとして持っていた書簡を投げつけそうになった。

「くだらない話をするなら帰る」

「くくく、星龍様のことになると、すぐに怒るんだから」

「別に、あいつのことなんか気にしてない！」

　書簡を机に叩きつけると、鶯嵐は「分かった分かった」と虎白を宥めてくる。

「分かったから、間違っても破ったりなんかしないでよ？」

　虎白の手の中の書簡は、ここより遥か北にある獣人族の長から送られてきた嘆願書である。最近はあちこちで妖が増え、どこも対応に苦慮しているらしい。似たような妖を退治した経験がないかという書簡があちこちから届いて困っていると鶯嵐から声をかけられ、虎白は鶯嵐の館を訪ねているのである。

鷲嵐は鷲の一族の長で、背中には立派な羽が生えている。そのままの姿で飛ぶこともできるが、神通力がそう強くないためか、長くは飛べないらしい。

愛嬌のある顔とのんびりとした口調は、大抵の者を和ませる。虎白とて例外ではなく、この友との時間は数少ない癒しである……はずなのに。

「あの日の宴で虎白が急に帰った後、星龍様もすぐに帰ってしまってね。虎白が怒らせたせいではないかと、宴はその話で持ち切りだったよ」

「……チッ」

「舌打ちしないの。相変わらず、星龍様のことになるとムキになるんだよね、虎白は」

呆れ顔をした鷲嵐が淹れてくれた茶をぶん取るように受け取り、少し温めのそれを一気に飲み干す。

「あいつとは気が合わないんだ！」

ダン！ と机に叩きつけるように虎白が茶杯を置くと、鷲嵐は肩を竦めて自分の分の茶をゆっくりと啜ってから言った。

「まあねえ……虎白と星龍様は、生きてきた道がまったく違う。虎白の苦労が星龍様に分かるはずがないし、星龍様の苦労だって虎白には分からないだろうね」

「あの男が何の苦労をしているって？」

泥水を啜るようにして生きてきた自分の苦労と、皆に崇められて育てられてきた星龍の苦労など、比べるに値しないだろうと目を剝けば、鷲嵐は「よく考えてごらん？」と優しく執り成してきた。

「星龍様は確かに大事にはされてきただろうけれど、その分、自由にならないことがたくさんある。たとえば見合いとか」

「二百五十年もずっと振られっぱなしらしいな」

「振られているのか振っているのかは分からないけど、あれは長としての義務で、星龍様はそこから逃げられない」

「…………」

長の義務。その言葉はきっと、目の前の鷲嵐にとっても重いものだろう。お前には分からない苦労だと言われれば、虎白には反論する術がない。

「嫌でも子を生さねばならないという圧力は常にあると思うよ？　だからこそ、ずっと見合いをさせられているのだろうし」

龍族の血を絶やすことがあってはならない。そのために龍族は、いや獣人族全体が何でもするだろう。それぐらい、龍族の血は獣人族にとって大事なものだ。

神にも近しいと言われる龍族の神通力は、その時々で獣人族を救ってきた。絶やすことのできない血脈。それが龍族なのだ。

自分の首につけられた首輪に触れる。

虎白だけが逃げ場のない人生を送っていると思っていたが、星龍も同じである、と？　星龍にも、見えない首輪がつけられているようなものだということだろうか。

「本人が積極的にやっている可能性だってあるだろうが」

いつ会ってもにこにこと機嫌のよい星龍の姿を思い出せば、俄かには信じがたい。

「積極的と言えばそうなのかも。この二百五十年、驚くべき速さで見合いをこなしていっているからね」

「ほら見ろ。だったら――」

「でもそれなら、いい加減に見つかっていてもいいと思わない？　本人が見合いに積極的なのに、こんなに番が見つからないなんてさ」

「龍族の見合いには様々な条件があるんだろう？　それを達成できる者がいないから、見合いが成立しないだけじゃないのか？」

「ああ、そういう話もあったね。確か、白鹿族の鹿琳も、見合いから脱落したとか」

「鹿琳が……？」

まったく知らなかった。あれほど似合いの二人に見えたのに、その鹿琳ですら脱落するならもう相手は見つからないのではないか。そう思う気持ちは確かにあるのに、鹿琳が脱落したと知って、何故か少し胸がすっとした。

「見合いをしたのは一月ほど前じゃなかったかな？　見合いをする前は自信満々だったのに、

今ではすっかり意気消沈していると聞いたけど」

そういえば、と宴の時のことを思い出す。

これまで鹿琳はいつでも星龍のそばに侍っていて、常に行動を共にしていたのに、あの宴の時は離れたところから見ているだけだった。見合いに脱落したせいで、そばに居辛くなったのだろうか？

「あの鹿琳ですら脱落する見合いの条件とは、一体どんなものなんだろうね。私はそれが気になるなあ」

「龍族より美しくなければならない、とか？」

「ははは、その条件だと、星龍様は間違いなく番を迎えられないね。いや、待てよ？　虎白なら或いは……？」

鷲嵐の視線がこちらに向いて、虎白はむっと唇を尖らせた。

「馬鹿を言うな。俺が綺麗なものか」

傷んだ髪を指で弄る。鹿琳の艶やかな髪とは比べるべくもない。かさかさの指も、ひび割れた唇も、美しさ、などというものとは程遠い。

「虎白は、全然自分のことが分かっていないなあ。磨けば光るのに」

「泥団子を磨いてどうする」

「知らないの？　泥団子も磨き続けると、綺麗に光るものなんだよ？」

「少しぐらい光ったところで、泥は泥だ」

「本当に分かっていないなあ、虎白は。泥だろうと何だろうと、手にした者が宝物だと思えば、それは価値あるものなんだよ」

「…………」

手にした者が宝物だと思えば、それは価値あるもの、か。

いつか誰かが、虎白のことをそんな風に思ってくれることがあるのだろうか。

虎白だけを特別にして、唯一無二として愛してくれる人が現れるのだろうか。

そんなことを考えて、慌ててふるふると首を振る。

「虎白？」

「何でもない」

思い浮かんだのは父の顔だった。

親にも愛されない自分を、愛してくれる人なんかいるはずがない。

そんな期待はしない。自分は一人でも生きていける。

どうして自分がこんな目に遭わなければならないのか。

着たこともないような煌びやかな衣に袖を通しながら、虎白は昨晩突然父に告げられた言葉を思い出す。

『見合いをしろ』

たった一言。それだけで、虎白が今日見合いをすることが決定していた。断る権利など与えられるはずもない。ただの一方的な命令だ。

虎白は母の顔を知らない。虎白を産んだ際に命を落としたからだ。だがそうして母の命と引き換えに生まれた自分は、変化すらできぬ半端者で、父の落胆は如何ほどだっただろう。

母亡き後、すぐに娶った新しい妻との間にも子が生まれたが、その子も獣人族同士の諍いの折に死んでしまった。それ以後は子が生まれず、可哀想なことに父の子はいまだ虎白一人なのだ。

本当は虎白のことなど一族から放り出したいだろうに、そうすることもできない父。虎白の神通力さえ弱ければ、それを口実に放り出すこともできただろうに、今の父にはそれもできない。

昨夜、自分と一度も目を合わせることのなかった父の姿を思い浮かべる。父は母を愛していた。だからこそ、その母が死ぬ原因を作った虎白のことを憎んでいる。

それでも、幼い頃はもしかしたらと何度も期待した。変化さえできるようになれば、父は自分を愛してくれるのではないか。だがいつまで経っても変化はできず、父は虎白を憎んだままだ。

「虎白様、苦しくはないですか？」

曲裾の深衣の腰元をぎゅっと帯で締められ、虎白は思わず小さく呻く。

「そんなに締める必要があるのか？」

白虎族の里の一番奥まったところ、目立たぬ場所にひっそりと建つ虎白の館では、着せ替え人形にされる虎白と、ああでもないこうでもないと衣を広げる真白の声だけがしていた。

広げられている衣は、真白が麓の人里で借りてきたものだ。愛嬌のある真白は、何だかんだと可愛がられているらしく、虎白に着せる衣がなくて困っていると呟いたら、皆が持ち寄って貸してくれたのだと言っていた。

「虎白様の美しい腰を、少しでも強調しなければなりませんからね。もしかしたらお嫁さんに来てもらえるかもしれないのですから、虎白様も我慢してください」

獣人族に必要なのは細い腰ではない。強い神通力と変化の力である。獣人族である虎白に育てられたはずだというのに、麓の人里で学ばせているせいか、どうにも真白は人間的な考えをする。

「そうしたらこの館だってもっと修繕して、お嫁さんが来るに相応しい場所にしなくてはなりませんね」

真白の言葉に、虎白は自らの館を見回して苦笑した。

側仕えは人間の真白のみ。真白を拾う前はずっと虎白一人だったこの館は、荒れ果ててぼろぼろだ。時々真白がちまちまと修繕しているが、不器用な真白が手を加えた後はよりひどくなっていて、とてもではないが人が住むところには見えない。

だが虎白にとっては、ここが唯一の安心できる場所だ。物心ついた時から、虎白が生活していた場所。最初は乳母のようなものがいたが、気がつけば一人になり、それからは何もかも自分でやってきた。真白の不恰好な修繕も、その時その時の思い出があって微笑ましい。

「自信を持ってください、虎白様！　虎白様の美しさを以てすれば、すぐにお嫁さんが来てくれますから！」

張り切っている真白には悪いが、虎白のもとに来る嫁などいるはずがない。父とて、駄目元で見合い先を見つけてきただけだろう。

変化のできない者には発情期というものが来ない。虎白自身、これまで一度も発情期に入ったことがなかった。そのような者のもとに嫁に来ようなどという奇特な者がいるはずがない。

そもそも、何故父は今更見合いなどさせる気になったのだろう。何を考えているのか、さっぱり分からない。

「よいですか、虎白様。笑顔を忘れてはいけませんよ？　絶対ですからね！」

腰に手を当てて、真白が神妙な顔で説教をしてくる。

「分かった分かった。笑顔を出せばいいんだろう？」

「到着したら、まずは笑顔です。ほら、練習してください」

笑顔など、意識して作ったことは一度もない。言われるままに何とか口角を引き上げると、

「威嚇してどうするんですか！」と真白に怒られた。

「ああ駄目だ！　虎白様、間に合わなくなるから急いで！　とにかく、道中で何度も練習してくださいね！」

あたふたと荷物をまとめた真白に促され、虎白は見合い相手のもとへ向かうことになったのだった。


『いいですか、虎白様。笑顔ですよ、笑顔』

見合い相手の里に着くなり、虎白は真白の言葉を思い出す。館を出る前に何度もしつこく言われたせいだ。

すでに里の入口には冷やかしがてら覗きにきた者達が並んでいたが、うるさいざわつきが、虎白を視界に入れるなりぴたりと止まる。

これだから嫌なのだ。

変化ができないため、虎白には耳も尻尾もなく、見た目はただの人間と変わりない。そのため虎白を初めて見た者達は、こうしてぽかんとした顔をこちらに向けてくるのが常だ。

自分が見世物になっている気がして今すぐ帰りたくなったが、父の命令は絶対である。虎白

が命令に背けば、鞭打ちが待っているのは分かっていた。

　仕方なく、虎白は自らの使命を果たすために足を動かす。そうして館の前で待ち受けていた熊族の見合い相手とその父らしき長の前に立ち、真白の言葉を思い出して口元の筋肉を動かした。

「初めまして」

「まあ……何ということなの……！」

　ざわっと周囲の空気が揺れ、目の前の見合い相手がくらりと目眩を起こして倒れる。失神しそうなほどにひどい表情だったのだろうか。ここに来る前に『威嚇してどうするんですか！』と怒られたことを思い出して、逆効果だったではないかと真白に苦情を言ってやりたい気持ちになった。

「あの……大丈夫だろうか？」

　別に見合い相手が倒れようがどうしようが興味はなかったが、知らぬふりもできない。助け起こそうと手を差し伸べたら、見合い相手にその手をがしりと掴まれた。

「虎白様、私でよければぜひ――」

「おや、こんなところで会うとは偶然だね」

　突然割り込んできた声に、虎白は思わず顔を顰める。

「……星龍」

振り向かずとも、声だけで誰か分かった。数年は会わずに済むだろうと思っていたのに、まさかこんなに早く鉢合わせする羽目になるとは。しかもよりによって初めての見合いの場で。もうこの時点で、虎白は父から鞭打ちを受ける覚悟を決めた。この男が現れた以上、虎白の見合いなど上手くいくはずがない。

人は極上のものを見た後では、それ以下のものになど目がいかないものだ。何をしに来たのだか知らないが、この男の隣に立ってしまえば、自分はただの引き立て役である。

渋々ながら振り向くと、やはりそこには星龍が立っていた。青碧色の深衣の上に白の外衣を羽織る姿は、相変わらず隙のない美しさだ。

星龍はこちらを見て、何故か片眉を撥ね上げる。

「珍しい恰好をしているね」

「…………」

不必要なほどに着飾った自分の姿に目を向け、虎白は憮然とした。好き好んでこんな恰好をした訳ではないと言い訳したくなったが、何故この男に言い訳などしなくてはいけないのかと気がついて黙り込む。

「おお、星龍様！　まさかこのようなところまでお越しくださるとは！　本日は一体何用でございましょうか！」

長はすでに虎白のことなど忘れたような顔で、にこにこと愛想笑いを張りつけて星龍に駆け寄った。

「偶々近くを通りかかったものだから、この辺りは最近どうだろうかと思ってね」

「それはありがたい！　ぜひぜひお立ち寄りくださいませ！　ほら、誰か！　星龍様を案内せぬか！」

「ところで」

喜び勇んで星龍を招き入れようとする長に対し、星龍はこくりと首を傾げて言った。

「どうしてここに虎白がいるのかな？」

「い、いやいや、それはその……っ、この者の父親に、どうしてもと頼まれましてな！　私は反対したのですが、あまりにしつこかったもので……！」

「しつこかったもので、どうしたのだろうか？」

「だからあれですよ、その……私は！　ぜひとも娘には星龍様と見合いをと思っておりました！　ですが、いつまで経っても出番が回ってこず、そうするうちに娘も年を重ねていきますので……」

「それで、何だと？」

なるほど。この娘は、まだ星龍と見合いをしていなかったらしい。星龍の見合い候補を虎白が横からかっさらった形になる訳か。長の口からはとても言えまい。だらだらと汗を流しながら追い詰められていく長に同情を覚え、虎白は横から口を挟んだ。

「見合いだ」

星龍の視線がこちらに向いた。

「見合い？　誰が？」

星龍がきょろきょろと周囲を見回す。虎白に見合い相手がいるはずなどないと言われているようで、些かかちんときた。

「見れば分かるだろう。俺以外に誰がいる」

「虎白が、見合い……？」

ぱちぱちと長い睫毛を瞬かせる星龍に、虎白はもう一度言った。

「俺が見合いをしたら悪いのか？」

「本当に虎白が見合いを……？」

「しつこいな。俺だってそろそろいい歳だ。身を固めてもいい頃だろうが」

まったくそのつもりはなかったが、こうも信じられないという顔をされると矜持に障る。あたかも乗り気であるかのように胸を張れば、星龍が小さく首を振った。

「あり得ません」

「は？」

あり得ないとは何だ。俺のところに嫁が来るなどあり得ないと言いたいのか。その時、それまで黙っていた見合い相手が「そんなことはありません！」と声を上げた。

「私、虎白様のもとにでしたら喜んで――」

「私は虎白と話している。部外者は黙っていなさい」

「虎白様の見合い相手は私です。部外者だなんて――」

「……？　何だ？」

空気が震えた気がして、虎白は周囲を見回す。遅れて小さな地鳴りが聞こえたと思ったら、大きく地面が揺れた。揺れに驚いてたたらを踏んだ虎白の身体を、星龍の胸が受け止める。

「大丈夫かい？」

「……っ、大丈夫だ」

危なげなく立っている星龍とは違ってよろけてしまった自分が不甲斐なく思えて、虎白はすぐに星龍から身体を離した。こういうところでも、星龍と自分との差を感じてしまう。昔は俺に守られていたくせに、と悔しい気持ちになったが、それも負け惜しみでしかなかった。

「おい！　何事だ！」

慌てた長が声をあげれば、同じく慌てた様子の里の者の声が返ってくる。

「山が……山が急に崩れて……！」

「何だと!?」

長が驚いた様子でこちらを振り向いた。星龍は穏やかな笑みを浮かべ、「私のことはどうぞお気になさらず」と長を促す。

「あの……星龍様、その……まさか……」

「何か？」

「い、いえ！　皆の者、とにかく被害がないか確かめに行くぞ！」

「はい！」

里の者達をかき集めて現場に向かおうとする長を、見合い相手が引き留めた。

「お父様！　お見合いは⁉」

「中止だ！　里のことを考えるなら諦めろ！」

「そんな……！」

長はそう言い置いて、里の者と共に飛び出していった。残されたのは、女達と虎白と星龍だけ。

「何やら大変なことになったようだね。残念だけれど、見合いは中止ではないかな？」

星龍はにこにこと人好きのする笑顔を見合い相手に向けた。誰彼構わず愛嬌を振り撒く星龍の様子に虎白は鼻を鳴らしたが、見合い相手は星龍の美貌に見惚れるどころか顔を青ざめさせる。

「……そのようですわね」

「良き相手が見つかるように祈っているよ？」

「……はい」

「分かってもらえればいい」

星龍は相変わらずにこにこと笑っていたが、見合い相手の顔色は悪くなる一方だ。具合でも悪いのかもしれないと思ったが、口を挟む暇もなく星龍が虎白を促した。

「私達はお邪魔にならないように退散しようか」

「そうだな」

正直なところ助かったなと思ったが、それはおくびにも出さずに頷いてみせる。山が崩れたとあれば、復旧にはしばらく時間がかかるだろう。

すたすたと歩き始めた虎白の隣を、星龍が機嫌良さげな顔でついてくる。

「何故ついてくるんだ。あなたは飛べるだろう？　さっさと帰るといい」

龍族は空を飛べる。白虎族も変化さえできれば風のように早く走ることができるのだが、変化のできない虎白は人間より少しばかり速く走れる程度のものだ。どうして先に飛んで帰らないのかと訝しむ気持ちを声に乗せると、星龍はこくりと首を傾げる。

「送ってあげようか？」

「必要ない」

変化ができないことを揶揄されたような気がして、頬がひくりと引き攣った。

「どうして？　走って帰ればかなりの時間がかかるけれど、私の背に乗ればすぐに帰ることができるのに」

「別に急いで帰らねばならない理由もないし、走ることも嫌いじゃない」

実際のところ、ここから帰るのはかなり億劫ではある。それなりに距離があるし、何なら先ほどようやく着いたばかりでもう帰ることになってしまった。休憩する暇もなかったから、疲れたという気持ちはある。だがこの男の世話にはなりたくない。

「どうしても私の背に乗れない理由があるのかな？　ああ、もしかして高いところが怖いとか？」

「は？」

「虎白がそんなに臆病だなんて知らなかった。確かに、私は高いところを飛ぶから、臆病な者には耐えられないかもしれない」

「誰が臆病だって……？」

ぴきり、と額に青筋が立つ。高いところを怖いと思ったことなど一度もない。幼い頃、滝から飛び込むのを怖がっていたのは星龍のほうで、あれほど臆病な性格だったくせにと、虎白は内心で罵った。

「だって、私の背に乗れないのでしょう？」

「乗れないなんて言ってない！」

「では、私の背に乗れる？」

「当たり前だ！」

苛立ちのままにそう怒鳴ってから、しまったと思ったがもう手遅れだった。星龍は嬉しそうに笑って「それはよかった」と言い、虎白がそれ以上何かを言う前に変化してしまった。

俺は絶対に乗らないからな！

そう言ってやろうと思った時には、目の前に大きな龍が姿を現していて。

「……っ」

その姿が畏怖すら抱かせるほどに壮観で、虎白はしばし言葉を失う。

「これが、龍……」

遠目には何度か見たことがあったが、こうして間近で星龍の変化を見たのは初めてだ。つい、ふよふよと靡く龍の髭に手が触れる。光が反射して煌めく鱗も興味深く、夢中になってその色の変化を眺めていると、星龍の声がした。

『恥ずかしいから、あまりじろじろ見ないで欲しいな』

龍に変化した星龍は、口を動かさずに念を飛ばして話しかけてくる。

これほど立派な姿をしておきながら、何が恥ずかしいものか。変化のできない自分との差に苛立つ気持ちがあったが、それもきらきらと輝く美しい瞳の前に霧散した。

「綺麗だな……」

宝石を砕いてちりばめたような虹彩は、見る角度によって微妙に色合いが変わる。万華鏡を覗いているみたいで、いくら見ていても飽きない。つい見つめ続けていると、大きな目がすっと細められた。

『君は龍の姿の私が好きではないと思っていたのに』

「別に、好きな訳じゃない」

散々見ておいて今更なのだが、慌ててそっぽを向く。そうだった。この龍は星龍なのだ。星龍に見惚れてしまったなんて悔しい。

大きな龍は少し首を傾げて『そう？』と声色だけで笑って、『背に乗って』と虎白を促した。

「本当に俺を乗せるつもりか？」

いっそ神々しさすら感じさせる龍の姿に、自分なんかが乗っていいのかと、何となく尻込みをしてしまう。

『高いところが怖いなら、そう言えばいいのに』

「……！　違うと言っているだろうが！」

まんまと乗せられていると分かってはいるのに、つい応じてしまう自分が憎い。

こいつはただの乗り物だ。そう思えばいい。本人がいいと言っているのに、気後れするなんて馬鹿馬鹿しい。自分にそう言い聞かせて星龍に近づいたが、すぐに虎白はさてどうするべきかと足を止めることになる。

「ところで、どこに乗ればいいんだ？」

大きな龍の身体は確かに虎白一人を乗せるぐらい何てことなさそうではあるが、胴体には掴

まる場所がなく、すぐに振り落とされてしまいそうだった。

『そうだね……誰かを乗せたことはないから、考えたこともなかったな。……ああ、頭の上はどう？』

「頭の上？」

『角があるから、そこを持ってくれると振り落とさないで済む』

なるほど、それも一理ある。

どうぞと差し出された鼻の上によいしょと乗り上がり、そのまま龍の頭に胡坐をかいて腰を下ろす。両側の角に手を置くと大きな身体が一瞬びくりと揺れたが、安定感は悪くなかった。

「よし、いいぞ」

『……ふふ、では出発しようか』

その言葉と共に、星龍の身体が浮き上がる。浮遊感と共に地面が離れていくのが見えて一瞬だけ不安になったが、すぐに目の前の光景に夢中になった。

「うわ……これは、すごいな……！」

蛇行しながら空へ昇ると、あっという間に二人がいた里が小さくなっていく。その向こうに崩れた山が見えて、あそこが先ほど崩れた場所かと気がついた。

だがそんなものはぐんぐんと速度を上げて変わっていく景色の前に、すぐに忘れ去られる。

空からの景色を見たのは生まれて初めてで、気がつけば虎白は、言葉もなくただ目をきらきらとさせて、眼下に広がる光景を目に焼き付けようとしていた。

何と美しいのだろう。流れ落ちる滝に、きらきらと光る湖の水面、そして雄大な山々。あちらこちらから上がる狼煙が、生命の息吹を感じさせる。

「世界は広いな……」

運命からは逃げられない。自分はずっとあの場所で飼い殺しにされるのだと思っていた。どこにも逃げる場所などなく、自分のいられる場所はあのぼろぼろの館だけだ、と。

けれどこうして広い世界を目にすると、自分が如何にちっぽけな存在であるかに気づく。ちっぽけであるからこそ、生きられる場所はどこにでもあるのではないか。虎白は初めて、外の世界に興味が湧いた。

『美しいでしょう？　いつか君に見せたいと思っていたんだ』

「俺に？」

『だって虎白は、綺麗なものが好きだから』

幼い頃、湖に潜って綺麗な石を探すのが好きだった。星龍の目と同じ色の翡翠を見つけて、これは嫁にもらうまでの約束の印だと贈ったこともあった。

あの頃はまだ、自分が変化できないままだなんて知らなかったから。大きくなって変化さえできるようになれば、きっと父に優しくしてもらえると夢を見ていた。そうしたら星龍を迎えに行って嫁にして、ずっと一緒にいるのだと、そう思っていた。

今考えると、途方もない夢物語だ。何も知らない子供だからこその、馬鹿げた夢。

『ところで、どうして見合いを受けたの？』

「お前には関係ないだろ」

言ってしまってから、またお前と言ったことに気づいて舌打ちをする。昔のことを思い出したせいだ。

『……好みだった？』

「何が？」

『君を見て倒れた子』

「ああ、見合い相手のことか」

そういえば、どんな顔をしていたんだったか。それすらも思い出せない。

『笑顔を見せていたようだけれど』

「……いつからいたんだ」

声をかけてくる前からいたということじゃないのか。背後から現れたはずの星龍に、何故笑顔を見せていたことが分かったのか。相手が倒れるほどの無様な笑顔を見られていたのかと思うと、いっそ今すぐ殺してくれという気分になる。

『あの子が好みだったから、お見合いを受けた？』

「ああ、そうかもな」

投げやりな気持ちになって、適当に返事をする。好みも何も、見合いで俺に選ぶ権利なんかある訳がないだろうが。引く手あまたの龍族の長とは違ってな、という悪態を呑み込んだ代わりだ。

『へえ……』

その時、不意に稲妻が遠くに走るのが見えた。

「ん？　おい、今のは雷じゃないか？」

『そのようだね』

そう言っている間にもぱらぱらと雨が顔に当たり始め、虎白は「最悪だな」と呟いた。

「これは本降りになりそうだな」

『どうやらそのようだね。どこかで一度雨宿りをしよう』

するすると星龍が降下を始める。程なくしていい具合の洞窟を見つけると、虎白をそこに降ろしてから、自らも人形に戻った。

「龍族の長ともあろうものが、天候も左右できないのか」

龍族の力は未知数で、その者の神通力にも依るらしいが、これまでには天候を左右できる者や地形を変えられるほどの神通力を持った者がいたという噂があった。まさか星龍がそこまでできると本気で思っている訳ではないから、これはただのいやみである。

「そんなことより虎白、早く火を起こすべきではないかな？　少し濡れてしまったようだし、

「風邪をひくと困る」

言われて、自分の濡れた身体に視線を落とした。真白が張り切って着せつけた衣は、見るも無残な有様である。これは帰ったら怒られるなと思いながら、虎白は洞窟の入口辺りに落ちていた枝をいくつか拾い、指先に火を灯してそれらにつけた。

不思議なことに、火に当たって初めて自分の身体の冷たさを感じる。じんと冷えた指先を火に近づけて暖を取っていると、寄り添うように星龍が隣に腰を下ろした。

「おい」

相変わらず距離が近い。龍はあまり寒さに強くないと聞いたことがあるから、虎白で暖を取ろうとしているのかもしれないが、それにしたってあまりにも近い。

「虎白だって寒いでしょう?」

星龍が首を傾げてにっこりと笑う。間近で見る美貌はいっそ暴力的で、虎白はさりげなく星龍から目を逸らした。

「こうして二人きりでゆっくり過ごせるなんて、久しぶりだね」

「ゆっくり過ごすつもりはないが?」

虎白がむすりと言うと、外で稲妻がピシャーン!　と凄まじい音を立てる。

「でも、この調子では外に出られないでしょう?」

どうやら近くに雷が落ちたらしい。わざわざ雨に濡れたいとは思わないし、雷の中で外を出歩くのが得策でないことは分かっている。返事の代わりに鼻を鳴らすと、星龍は満足そうに頷いた。

「あの子のことだけれど」

「まだ見合いの話をしているのか？」

「違うよ。君が側仕えにしている子のこと」

「ああ。真白のことか」

今頃はまだ、虎白の見合いが上手くいったかどうかとやきもきしているだろう。だがあまり遅くなると心配して泣くかもしれない。早く帰れるといいのだが、と思っていたら、星龍がぼそりと言った。

「……真白、ね。虎白がつけたの？」

「赤子の頃に拾ったから、名前など分からず仕舞いだったんでな」

「赤子の頃……」

星龍が顎に手を当てる。考え事をする時の癖だ。星龍と過ごした子供の頃の記憶は、すでに曖昧になっている部分も多くあるのに、こんなことばかり覚えている自分が嫌いだ。

「では、君にとってのあの子は、我が子のようなものだということ？」

「何だよ。俺が子供を可愛がっちゃおかしいって？」

からかっているのかとむっとすれば、星龍の手が宥めるように腿に置かれた。

腹立たしいが、昔から虎白はこうした触れ合いに弱い。幼い頃から自分に触れてくる者がほとんどいなかったせいだ。

「おかしいなんて言っていないよ。真白に弱い理由の半分も、そのせいである。ただ、あの子が君にとって我が子のようなものなら、私も可愛がってあげなければと思っただけ」

「……意味が分からない。何故あなたが可愛がる」

ぱちり、と薪が音を立てて弾ける。火が身体を嬲るのが温かいのであって、星龍が触れるから温かさを感じている訳じゃない。温もりに弱い自分を誤魔化しながらも、声にいつもの険がないのが自分でも分かった。

「ねえ虎白、今は二人きりなのだから、遠慮せずに昔のように話してくれないかな?」

腿に触れた星龍の手に、ぐっと力が籠もる。表情はにこやかだが、その手の力がそうしなければ許さないと言っている。

振り払うのは簡単だが、雨が止むまではここで二人きり。無闇に険悪な雰囲気になる必要もないだろうと、虎白はため息交じりにそれを承諾した。

「お前が真白を可愛がる必要はない。あれは俺の子だ」

「君が可愛がるものを、私も可愛がってはいけない?」

「お前、いい加減にしろよ。どうしてそんなに俺に構いたがるんだ」

星龍といると、虎白はどうしても苛々してしまう。その理由は分かっていた。星龍のこの思わせぶりな態度のせいだ。

　いくら人付き合いが上手くないとは言っても、この男が自分との距離感を間違っていることぐらいはちゃんと分かっている。

　自意識過剰なつもりはないが、これまでも何度か、もしかしたらこいつは俺のことが好きなのか？　と思ったことがあった。けれどはっきり言える。そうではない。何故なら、過去にも何度か本人に聞いたことがあるからだ。

「虎白のそばに居たいと思ってはいけない？」

「別に俺じゃなくてもいいだろうが。他を当たれ」

「虎白でなくては駄目なんだ」

　ほら、またこうなる。三年前……いや、星龍が言うには二年と九月と二十五日だか二十七日だったか。あの時もこうして言い合いになったのだ。

「そんなに俺は可哀想か？」

「虎白、前にも言ったはずだよ。そういう訳ではない、ただ私が君と一緒に――」

「だったら聞くが、お前は俺のことが好きなのか？」

　そう。あの時も虎白はこの男にそう問うた。けれど返事はなかった。今のように。

　ただ黙って曖昧な笑みを浮かべる星龍の手を、腿の上から払い除ける。そうしてもうこの話はうんざりと言う代わりに、ごろりとその場に寝転んで星龍に背を向けた。

「俺にはお前のことが全然分からない。あの時も言っただろう。お前の暇つぶしにも友情ごっこにも付き合う気はない。他を当たれ」

「私だって……」

星龍がぼそりと何かを呟く。振り返らないまま「何だよ」と問うたが、答えは返ってこなかった。

代わりに言われたのは。

「君はどうなんだい？」

「何が」

「君は、私のことをどう思っている？」

馬鹿馬鹿しい。自分は何も言わないくせに、お前は一体俺に何を言わせたいんだ。

「俺がお前に気があると思って、構ってやってるって？」

「そういう意味ではない。虎白、勘違いしないで欲しい。私は――」

「俺は、俺のことを好きじゃないやつに惚れるほど馬鹿じゃない」

「……そうだね」

星龍のこういうところが嫌いだ。こちらはこの会話に苛立たされ、感情を乱されているというのに、星龍のほうはただにこにこと笑うだけなのだ。

今の会話のどこに笑う要素があるのか。そういう態度も馬鹿にされているようで癪に障る。

互いに無口になり、パチパチと木が爆ぜる音だけが響いた。もういっそこのまま寝てしまおう。そう決めた頃、温もりがそっと背に触れる。

「おい」

「だって寒いでしょう？」

先ほど言い争いをしたばかりだというのに、この男は爪の先ほどもそのことを気にしていないのだ。虎白の身体を勝手に温石代わりにして背後から抱きしめ、もそもそと居心地の良い場所を見つけてほっと息を吐く。

「虎白は温かいね」

この男のこういうところが、本当に、心の底から、死ぬほど嫌いだ。この見た目でこんなことをされれば、大抵の者はその気になって当たり前だろう。きっとそこらでこのようなことをしているのだろうと思えば、胸の辺りがもやもやとしてくる。

こういう時は、さっさと寝るに限る。考えても無駄なことは考えない。星龍とはやはり相容れない。少しでも平穏に生きるために、やはり今後もなるべく近づかないようにしようと心に決めて、虎白は眠りについた。

「……ずっとこうしていられたらいいのにね」

星龍が何か言ったような気がしたが、きっと気のせいだろう。

「――きて。起きて、虎白」

「……ん……真白、もう腹が空いたのか……？」

真白は壊滅的に不器用なので、食事を作るのは虎白の仕事である。もうそんな時間かと目を覚ませば、眼前には目が潰れそうなほどに眩い美貌があって、虎白はあまりの驚きに言葉を失った。

「おはよう、虎白」

にこにこと笑う星龍の腕は虎白の腰をしっかりと抱いている。昨夜は星龍に背を向けて眠ったはずなのに、いつの間に向きが変わっていたのか。

正面から星龍に抱きこまれているということは、すっかり目を覚ましているらしい男に、無様な寝顔を見られていたということだ。

「離せ！」

星龍の腕の中でもがくが、さしもの虎白も、こうしてがっちりと捕まえられてしまえば逃れることは簡単ではない。

「そう暴れないで。雨が止んだから、朝食を食べたら帰れるよ」

朗らかな笑みを浮かべながら腕を緩めた星龍が、起き上がって身支度を整える。気にしているのは自分ばかりで、苛立ち紛れに立ち上がって、虎白も手早く身支度を整えようとした。

「髪を結わせてもらえないかな？」

「は？」

「せっかくの綺麗な髪なのに、手入れしないのは勿体ない」

綺麗な髪だと？　何の冗談だと睨みつけたが、星龍はからかったつもりではないようで、

「ほら、ここに座って」と半ば無理やりに座らされる。

組み紐を外され、はらりと解けた髪に櫛を通される。こんなことを誰かにされるのに慣れていなくて、虎白はどんな顔をしていればいいのか分からず、むずむずとする唇を引き締めて黙り込んだ。

一度だけ、真白が髪を梳かしてみたいと言ったことがある。だが虎白の癖のある髪は簡単に櫛が通らないため、痛い思いをさせられただけだった。

きっと星龍もすぐに諦めるだろうと思った。思った通り、髪を梳かし始めてすぐに櫛に髪が引っかかったが、星龍は辛抱強くそれを少しずつ解し、香油を髪に優しく塗りこみ、また髪に櫛を入れ、最後に組み紐で綺麗に結い上げる。

「ああ……やはり綺麗だね」

そう言われても、虎白にはちっとも分からない。けれど髪から星龍の使う香油の匂いがしていて、何故だか耳が熱くなった。他人の匂いに包まれるなんて絶対に嫌なはずなのに、この香りは嫌いじゃない。むしろ好きだ。だが絶対にそんなことは言いたくない。

「こんなことをしたって時間の無駄だろ」

「そうかな？　我ながら素晴らしい出来だと思うよ？　毎日私がこうして結ってあげられたらよいのだけれど、君はそれを嫌がるだろうから、せめて毎日これで梳くといい」

べっ甲で作られた櫛を手渡されて反射的に受け取ってしまったのは、自分の瞳と似たその色が気に入ったからだが、すぐに虎白は受け取る訳にはいかないと突き返そうとした。

だがその時にはもう、星龍は虎白と距離を空けてしまっていて、返し損ねた櫛を持った手が空を切る。

「同じ獣人族として、せめて身だしなみはきちんと整えてもらいたい、と言えば受け取ってもらえるかな？」

「…………」

獣人族は皆、それなりに矜持が高い。同じ獣人族の中では鼻つまみ者扱いの虎白とはいえ、そういう姿を晒されることに我慢がならない者も確かにいるだろう。

梳かれたばかりの髪の先に触れてみる。いつもはくるりと巻いてしまっている髪が、さらさらと指通りよく虎白の指先から落ちていく。

櫛で梳いたぐらいでこうなるなら、少しぐらいやってみてもいいかもしれない。そうは思ったが、目の前の男の思い通りになるのは業腹で。虎白がむっと唇を引き結んだら、星龍がパン！　と手を叩いた。

「では、話がまとまったところで朝食を探しに行こうか」

勝手に話を終わらせ、いそいそと洞窟の外へと歩いていく。自分勝手な態度だが、この時ばかりは文句を言うことなく、虎白は手の中にあった櫛を胸元に仕舞い、星龍の後ろをついていった。

別に櫛が欲しかった訳じゃない。ただ、返す返さないで押し問答をするぐらいなら、もらっておいたほうが楽だと思っただけだ。本当にそれだけなのだ。


そうして星龍に里まで送られた数日後。虎白はまたしても父に呼び出され、里の中心にある長の館にいた。

「待ってください。今、何と言いましたか？」

父から告げられた思いもよらぬ言葉に驚いた虎白は、思わず常にない反応を見せてしまう。すぐにしまったと思ったが、出た言葉は今更取り消せない。

「……同じことを二度言わせる気か？」

父の冷たい視線が虎白に突き刺さる。父の言葉に唯々諾々と従うのが常の虎白が聞き返したことで、反抗したとでも思われたらしい。鞭を持つ父の手にぎりっと力が籠もったが、さすがの虎白も今日ばかりは聞き流せなかった。

「私に、龍族と見合いをしろ、と？」

父が言ったのは、まさしくそれだった。寝耳に水とはこのことである。

虎白の言葉に父は嫌そうに顔を顰め、「お前は言われた通りにすればいい」と吐き捨てた。

「ですが、龍族で今見合いをしている者と言えば、長である星龍だけです」

あり得ない。誰もが見合いをしたがらない自分と、引く手あまたの星龍が見合いだなんて。

それ以上に、目の前にいる父がそんな男と見合いをさせようとすることが理解できない。

先日の見合いといい、一体父はどうしたのか。ようやく虎白を里から追い出す気になったのかとも思ったが、それならわざわざ見合いなどさせる必要はない。今すぐにでも放り出してくれればいいはずだ。

「お前には勿体ないほどの相手だ。何か不満か？」

「私は先日見合いを受けたばかりです。急遽中止になりましたが、もう一度仕切り直しになる可能性もあるのでは？」

ほとんどそんな可能性はないと分かっていたが、ついそう言い募る。

「虎白」

父の声が低くなり、虎白はしまったなと思った。完全に機嫌を損ねてしまったらしい。普段は頷くことしかしない虎白が、口答えをしたのだから当然か。

「跪け」

前触れなくそう言われ、虎白は素直に跪く。抵抗しても無駄だと知っているからだ。むしろ抵抗すればしただけ、苦痛な時間が長引くだけだ。

「脱げ」

端的な命令に、衣の上をはだけさせる。

虎白の身体には、無数の傷痕があった。新しいものもあれば、古いものもある。妖退治で負った傷に、まだ未熟だった頃に同族に追い詰められて負った傷。多すぎて、自分でもよく分からない傷もある。たとえば胸の真ん中にある大きな傷痕もそうだ。

だが、一番多いのは。

ビシッ！

「……っ！」

鋭い音と共に、虎白の身体に鞭が振り下ろされる。声を上げれば、余計にひどくされることを経験で知っているから、虎白は唇を嚙みしめてそれに耐えた。

痛みは大したことではない。慣れる。いつか終わる。

目を瞑り、ただこの時間を耐えること。それはこれまでも何度もやってきたことだ。

「何故お前が生かされているのか、よく考えろ。母を殺したお前が、何故今も生きていると思う？」

「一族の役に、立つため、です、……っ」

父にとっての虎白は、妻が死ぬきっかけを作った憎い相手だ。妻が死んですぐに別の相手と番いはしたが、それはあくまでも一族のためであって、この人は虎白の母を心から愛していたのだろう。

だからこそこんなにも、虎白のことが憎いのだ。

幼い頃は分からなかった。どうして父が自分を抱きしめてくれないのか。他の子供は皆、当たり前に温もりを与えられているのに、どうして自分にだけそれが与えられないのか。

けれど母が愛されていた結果としての今だと考えれば、仕方がないと思えた。父から愛する人を奪った自分が疎まれるのは仕方がない。

嘘だ。そんな風に簡単には割り切れない。ずっと愛されたかった。今もまだ、この人に愛されることを諦めきれずにいる。

変化さえできれば、この人は虎白を受け入れてくれるだろうか。愛されることはなくても、せめて少しぐらい心を傾けてはくれないだろうか。

独りぼっちは寂しい。幼い頃から何百年とそうした日々を送ってきた。今は真白がいてくれる。けれど真白はいつかいなくなり、そうしたらまた虎白は一人になる。……また、一人になることが怖かった。

この首に付けられた首輪は、枷でもあると同時に、虎白と父を繋ぐ唯一のものでもある。この首輪があるから、虎白はこの生活から逃げられない。だが同時に、この首輪がこの首にあるうちは、父にとって自分が必要な存在だという証だとも思えた。

この生活から逃げたい。そう思う気持ちは確かにある。だが変化さえできればもしかしたら、とわずかな希望に縋る気持ちも、虎白の中には確かに存在していた。それがほとんど絶望的な望みだと、分かってはいても。

星龍の背に乗って見た光景を思い出す。

世界は広かった。虎白が想像していたよりもずっと。何もかも捨てて、飛び出していけたなら、父に対するこの望みも捨てることができるのだろうか。

ビシッ！　ビシッ！

鞭が肉体を打つ音と、父の息遣いだけが聞こえる空間。

幼い頃は、この時間を地獄だと思った。だが今は、こんな生温い地獄があってたまるものかと思えるのだから、時の経過というものには価値がある。

「余裕の顔だな」

父の放った鞭が、虎白の下げたままの頭を打った。ばちりと目の中に光が瞬いたが、唇を噛みしめて苦痛を堪える。

「よりにもよって、何故お前なんだ」

「……？」

父の言葉の意味が分からずに顔を上げると、即座に鞭がまた頭上から振り下ろされた。

「忘れるな。お前のような半端者の居場所はここにしかない」

「……っ!」

胸に、肩に、鞭が振るわれる。

「間違っても、誰かに受け入れられることなど期待するな」

「…………」

鞭を振るわれるよりも、言葉のほうが痛かった。

そうだ。期待などするな。父は虎白を受け入れない。変化することすらできない半端者を、受け入れる者などいない。

しばらくして気が済んだのか、ようやく鞭を下ろした父が言った。

「見合いは明日だ。恥ずかしくないように身を整えろ」

「……はい」

よりにもよって、あの男と見合いか。

痛む身体で立ち上がり、衣を整えてその場を辞する。父の暮らす館を出ると憎らしいほど日が照っていて、自分の心とは裏腹な天気に虎白は諦めの息を吐いた。

父は何故、虎白に見合いをさせるのだろうか。

父にとって、今の虎白は大事な手駒だ。今の白虎族には虎白ほどの神通力を持つ者はおらず、だからこそ虎白は問題が起こるたびに一人、縄張り内を駆けずり回っていた。その父が、何故龍族との見合いなどをさせるのか。

龍族は四神の中でも一番権力を持つ一族である。虎白がその龍族の番になれば、父はもう虎白を好きに使えない。そうなれば、今の白虎族にとっては痛手だ。

虎白が父にとって愛すべき子供ではなくとも、白虎族にとってはまだ必要であるはずなのに。

そこまで考えて、すぐにあることに気づいて苦笑した。

ああ、そうか。考えてみれば簡単なことだった。虎白と龍族の見合いなど、成立するはずがない。

龍族との見合いには様々な条件があると聞く。そうでなくとも鼻つまみ者の虎白だ。龍族がそのような者を受け入れるはずがない。ただ見合いの場へ行き、恥をかいて帰ってこいということなのだろう。

星龍は何度も見合いを繰り返している。それこそ、獣人族の全てと見合いをするのではないかと噂されているぐらいに精力的に。今回は、偶々虎白の出番が回ってきてしまっただけなのだろう。もしかしたら今頃、星龍も驚いているかもしれない。そう思えば、ざまあみろと少しだけ胸がすっとした。

特別製の鞭は、虎白の神通力に反応して痛みが増すように作られている。よろよろとしながらも虎白が館に辿り着くと、心配そうに入口で座り込んでいた真白が気づいて、慌てて走り寄ってきた。

「虎白様！」

「騒ぐな。大したことはない」

「何を言っているんですか！　大したことありますよ！」

虎白にとっては慣れた痛みだが、真白は見るたびに自分こそが痛いみたいに泣きそうな顔をする。

真白が来るまでは、館の入口に倒れ込んで回復するまでじっとしているだけだったのに、今はすぐに館の奥の寝台まで運ばれ、傷の手当をしてくれる者がいる。それがどれだけ虎白の心を慰めるのか、真白は知らないだろう。

「たとえ長だって、虎白様にこんなことをするなんて許せません！」

ぷりぷりと怒りながら、真白が傷に薬を塗りこんでいく。ぴりっと沁みるが、黙ってそれを受け入れていると、真白が瞳をうるうるとさせて言った。

「今度は一体何があったんですか」

「見合いをしろとさ」

「また見合いですか？　でもどうして、見合いをする話からこんなことになるんです？」

「……相手は、龍族の長だ」

カランカランカラン。薬の容器が転がる音がして振り向くと、真白が驚愕の表情で固まっていた。

「真白？」

「龍族の長って……まさか、あの宴で会った人ですか!?」

「そうだ。笑えるだろう？　俺のような半端者があの龍族の長と見合いなどと――」

「いやいやいやいやいや！　それ見合いじゃなくて決定事項でしょう!?」

「は？」

「え!?　虎白様、龍族の長と番になるんですか!?」

「いや、だから見合いなどしたところで成立する訳が――」

「見合いを受けたんですか!?」

「受けたというか、受けさせられたというか……」

「大変だ……！」

　真白は虎白の衣を元に戻してから慌てた様子で立ち上がり、右往左往し始めた。

「真白？　一体どうしたんだ」

「番になるとなれば、それなりに準備が必要だよな……住まいはどうなるんだろう？　ここに龍族の長が住む……とは思えないし、やっぱり虎白様が龍族の里に？　だとしたら、荷物を纏めておかないと」

「おい、真白」

　虎白が声をかけても真白は上の空で、腕を組んでぶつぶつと言いながら部屋から出ていこうとする。

「あ、虎白様！　せっかく薬を塗ったんですから、おとなしく寝ていてくださいね！」

「あ、ああ、それは分かったが、お前はどこに行くんだ？」

「決まってるじゃないですか！　番になるまでにやらなければいけないことは山ほどありますからね！　できることは今のうちにやっておかないと！」

「いや、だから見合いをするだけで番には……おい、真白、聞いているのか？　おい！」

虎白の呼びかけも虚しく、真白は張り切ってどこかへと出掛けてしまった。

真白は少しばかりおっちょこちょいなところがある。見合いはあくまでも見合いであって、それが必ずしも番になることに繋がる訳でもないし、ましてや相手はあの星龍だ。万が一にもあり得ない。後でちゃんと誤解を解いておかねば。

そんなことを考えていたが、鞭で打たれた身体は休息を欲しているらしい。すぐにうとうととしてしまって、虎白はそのことをすっかり忘れてぐっすり寝入った。そしてあっという間に見合いの当日を迎えてしまった訳である。


「虎白様、褒めてください。渾身の出来です」

朝からずっとちょこまかと動いていた真白が、虎白の姿を上から下まで確認してから胸を張った。

「ここまでしなくともいいと言っただろう？」

虎白が今着ているのは、白虎族が好む白地に金糸で刺繡が入った深衣である。まさかこのような衣に袖を通す日が来るとは思わなかった。

「何を言っているんですか！　相手は龍族の長ですよ⁉　しかもあんなに見目麗しくて！　負ける訳にはいきませんからね！」

いつから戦いになったんだと思ったが、口にはしない。朝からずっと着付けのために立たされっぱなしで、すっかり疲れてしまっていたからだ。

辺りには、真白が朝からああでもないこうでもないと散らかした衣が雑に放り捨てられている。長の館にある宝物庫から、真白が片っ端から持ってきたのだ。

見合いにはいくつかの条件がつけられていて、その中の一つに【白虎族として着飾らせること】というものが含まれていた。白虎族として、とつけられている以上、虎白がみすぼらしい恰好をしていけば、それがそのまま白虎族の評価に繫がる。面子を気にする父が、それを許せるはずもない。そうして宝物庫からの持ち出しを許された途端、張り切った真白によって、虎白は着せ替え人形と化したのだ。

結い上げた虎白の髪には豪奢な簪が挿され、耳にもシャラシャラと金細工の耳飾りが揺れている。

きっと今頃、父は烈火の如く怒っているだろう。宝物庫からの持ち出しを許したとはいえ、まさかここまで好き勝手されるとは思っていなかったはずだ。

帰宅するなりまた父に呼びつけられるのかと思うと、見合いに行く前から憂鬱な気分になった。

「虎白様、そんな顔をしないで。笑顔を忘れないでくださいね！」

「どうしてそんなに見合いに乗り気なんだ」

虎白としては真白と二人の生活に何の不満もないというのに、真白はやけに見合いに積極的だ。そんなに俺との生活が不満なのかと不貞腐れれば、真白は困ったように眉を下げる。

「だって……虎白様は何千年も生きる可能性があるんですよね？　私はそんなに長くは生きられないから。虎白様がまた一人にならないように、誰かそばにいてくれる人を見つけて欲しいんですよ」

「……っ」

見ないようにしていた現実を突きつけられる。

そうだ。いつかは真白はいなくなる。分かり切っていることだ。そうしたら虎白はまたここに一人で、以前の暮らしに戻るだけ。

……いや、違う。真白と暮らすことで、一人ではない幸せを知ってしまった。もう以前の自分には戻れない。

この館で一人、ぽつんと暮らすことを想像するだけで、胸が苦しくなってしまう。

「ああもう……虎白様、そんな顔をしないで。大丈夫ですよ、まだ時間はたくさんあります。虎白様が嫌だって言っても、まだまだ一緒にいますからね？」

「……っ、嫌だなんて、言う訳がないだろ」

「ふふ、知ってますよ。虎白様は、私のことが大好きですからね！　それにもしかしたら、私のところに神様が来てくださるかもしれないでしょう!?　その時は張り切って、虎白様とずっと一緒にいられるようにお願いしますから！」

強い思いがあれば、神様が現れて一つだけ願いを叶えてくれる。それは人里でまことしやかに囁かれている夢物語だ。真白はその話が大好きで、幼い頃からことあるごとにそう言っては嬉しそうに笑う。

だが、神など来ないと知っている虎白からしてみれば、残酷な子供騙しだな、と思うのだ。だって虎白のもとには、どれだけ願っても神が来たことがない。

神というものは傍若無人で、皆を平等に幸せにする訳ではないことを知っている。実際、その夢物語の中でさえ、神は対価を奪うと言われているらしいのだから笑える。

わざと茶化して笑う子供に、誤魔化されてやることができない。眉を下げて悲しげな顔をしている自分が真白の瞳に映って、その情けない表情が申し訳なくなった。

いつから自分はこんなに弱くなってしまったのか。

「ほら虎白様、泣かないで」

「泣いてない」

かろうじて、だが。

「そんな顔をしている場合じゃないですよ？　今日は龍族の長を手中に収める日なんですからね！」

「だから、何度も言っているように、あの男の番になるなどあり得ない」

「……虎白様は、ちょっと鈍いところがあるのかなあ」

「は？」

「いえいえ。大丈夫ですよ、虎白様。きっと上手くいきます。大船に乗ったつもりで行きましょう！」

その大船は泥船じゃないか？　と思ったが、真白があまりに自信満々なので黙っておくことにした。

「うわ……ここが龍族の里……さすが獣人族の中で一番偉いだけありますね、空気からして違います」

龍族の里に足を踏み入れるなり、物珍しげにきょろきょろと辺りを見回す真白の頭を、「こら」と軽く小突く。

「龍族の里は本来、一族以外の出入りが制限されている。ましてや人間を入れることなどほとんどない。おとなしくしておかないと蹴りだされるぞ」

「は、はい！」

見合いをするに当たり、あちらから出された条件はこうだ。

見合いが今日であること。側仕えを連れてくること。白虎族として着飾らせること。

とりあえず出された条件は全て呑んだが、それはあくまでも最低限の条件であって、龍族との見合いに付けられる条件はまた別のはずだ。だってそうでなければ、この二百五十年の間、一度も見合いが成功しなかったなどということはあり得ない。

「お待ちしておりました」

音もさせずに現れた男が、いつの間にかすっと前に立つ。

「ご案内させていただきます」

微かに笑みを浮かべたものの、こちらの返事も聞かずに背を向けて歩き出した。要するに、黙ってついて来いということだ。勝手にうろつかれるのは迷惑だと言わんばかりの態度に、自分が歓迎されていないことを改めて感じる。

「虎白様、ここは空気が澄んでますね」

虎白の後ろを歩く真白が、こそこそと話しかけてくる。

「この場所自体、神からの加護があると言われている。あとは、現在の長の神通力の強さのせいだろうな」

「あの方、そんなに強いんですか？」

「今の世代であの男に敵う者はいないだろうというぐらいには、な」

「虎白様でも？」

「さあ、どうだろうな？　手合わせしたことがないから分からないが、死ぬ気でやれば、一矢報いられるかもな」

「相当強いってことじゃないですか……」

虎白もそれなりに腕に自信はあるが、星龍から感じる神通力はそれ以上だ。純粋な力同士のぶつかり合いなら、間違いなく負けるだろう。ただし、虎白には他の者よりも遥かに実戦経験がある。時と場所と状況に依れば、勝ち目がまったくない訳ではない……と思いたい。

「……こほん」

前を歩いていた者が立ち止まり、わざとらしく咳払いをした。誇り高き龍族の長に勝てるなどと思われるのは不愉快だ、とでも思われたのだろう。

「この先へどうぞ、長がお待ちです」

案内されたのは、赤が象徴的な建物の入口だった。案内の者と別れて中へ進むと、中庭に面した外廊下に続いていて、美しく手入れされた庭を眺めながら歩く。

「虎白様、あの中庭、うちの館がすっぽり入りそうな広さですね」

正直なところ、あまりの規模の違いに虎白も腰が引けているが、それをおくびにも出さずに「黙って歩け」と真白を促した。

一度だけ龍族の里に泊まったことはあるが、その時は固辞して館には近づかなかったから知らなかった。白虎族も四神の一つとしてそれなりの地位を築いてはいるが、その長の館でさえ、ここの半分の広さもない。

あいつ、こんなところに住んでいたのか。益々劣等感を刺激され、けっと吐き捨てたくなるのを堪えた。

そうしてしばらく歩いたところで、大きな扉の前に辿り着く。扉の両側には真白と同じほどの背丈の子供が二人立っており、虎白が足を止めたのを見計らって礼をした。

「ようこそいらっしゃいました」

「中で長がお待ちです」

まったく同じ顔をした子供の頭には、どちらも小さいながら角が生えている。この歳ですでに変化をしているということが、この双子の優秀さを示していた。

鈍い音を立て扉が開くのを、緊張の面持ちで待つ。

虎白はかしこまった場があまり得意ではなかった。生まれてからずっと、誰かに礼儀を教えられたことなどないし、そもそもそのような場に呼ばれることもほとんどない。

断られることは前提であるが、何か粗相でもあろうものなら、また父にこっぴどく鞭で打たれるだろう。考えただけでうんざりする。

だがその緊張は、扉が開くなり声をかけてきた男のお陰で霧散した。

「ああ虎白、よく来てくれたね！　待ちくたびれたよ！」

星龍は嬉しそうな声を上げ、今にも抱き着かんばかりに走り寄ってくる。実際に抱き着かれそうな気もしたので、一歩下がってそれを避け、虎白はかしこまって礼をした。

「遅くなって申し訳ありません。白虎族が虎白、ここに参上いたしました」

「虎白？　どうしたの？　やけに他人行儀だね」

そもそも俺とお前は他人だし、これは公式な見合いの場だ。かしこまるのは当然のことだろうと無言で睨めば、星龍はやれやれという顔をしてから、美しい所作で礼をして見せた。

「龍族の長、星龍と申します。本日はよくぞお越しくださいました」

これでいい？　と言う代わりに、星龍が首を傾げてくる。

どうやらこの男は、久々に虎白と話ができるぐらいに思っているらしい。すっかり呆れた虎白は、「それで？」と星龍を促した。

「龍族の見合いには様々な条件があると聞いたが、そもそも龍族の見合いはどのように行われるものなんだ？」

「そうだね。まずはここに座って、ゆっくりと話をすることになる」

「話……」

この男と話すと、最後は大抵喧嘩になる。話すことなどないと言いたいが、これは正式な見合いの場だと自分に言い聞かせた。

促されるまま腰を下ろすと、背後に真白が控える。星龍は真白に視線を向け、にっこりと笑った。

「君が真白だね。以後よろしく頼むよ」

「え？　あ、はい！　こちらこそ、どうぞよろしくお願いいたします！」

獣人族は大抵、真白の存在を無視する。話しかけられたことに驚く真白に、星龍は扉のほうを指差して言った。

「あそこにいる二人と一緒に、おやつを食べてくるといい。君のために用意させたものだ」

「え、でも……？」

扉横に立っていた子供達は、歳こそ若いが間違いなく龍族の子供達だ。肩の辺りまで伸びた髪も、神通力の強さを窺わせる。

戸惑った顔をする真白に、虎白が「いいから行ってこい」と促すと、真白はぱあっと表情を明るくして今にも駆け出しそうにしたが、すぐに足を止めて虎白のほうを振り返った。

「虎白様、忘れないでくださいね？　笑顔ですよ？」

「……とっとと行け」

へへ、と笑って、真白が駆け出していく。おやつという言葉が嬉しかったらしい。そういえば虎白はあまり食に興味がないため、そのようなものを買い与えたことがなかった。今度買ってやるかと考えていたら、ことりと茶杯が目の前に置かれる。

「ふふ、可愛い子だね」

「宴の時とは随分感想が違うようだが？」

「あの時はあの時だよ。子供は可愛いものだからね」

普段からにこにこと胡散臭い笑みを浮かべている星龍だが、今日はすこぶる機嫌がいいらしい。どうしてそれが分かるのかと言えば、星龍の尾だ。

立派な龍の尾が、虎白の視界の先で緩やかに上下に揺れている。やはりこの男は見合いをただの訪問と勘違いしているらしい。遊びに来た訳じゃないぞと苛立ち紛れに茶杯に口をつければ、茶の旨みが口いっぱいに広がって驚きに固まった。

「おい、何だこれは」

「え？　お気に召さなかったかい？　虎白のためにと思って取り寄せておいたものだけれど、もしかして時間が経ちすぎてしまったかな」

お気に召すか召さないかと言われれば、お気に召した。しかもものすごく。というか、茶がこんなに美味いものだということを、虎白は初めて知った。

「………」

黙って虎白がもう一口飲むと、困惑した顔をしていた星龍の口元が綻んだ。

「ああ、気に入ってくれたということだったんだね。それならよかった」

「この茶葉は、高いのか？」

「気に入ったのなら分けてあげよう」

「いい。自分で手に入れる」

「そう言わずに。虎白のために手に入れたものだから、虎白がいらないならどの道捨てることになる」

何故そうなる。勿体ないことをするな。虎白が無言で睨めば、今度はくすくすと声を上げて笑って、星龍は虎白の茶杯に茶を足してくれる。

「虎白がもらってくれれば、見事解決だね」

「……捨てるよりはましだな」

いつだって、星龍は自分の思うままに行動する。本当に勝手な男だと思うのに、結局いつもそれを許してしまう自分がいた。

「ああ、そうだ。言うのが遅れてしまったけれど」

星龍の言葉に身構える。とうとう見合いの条件の話をされるに違いない。条件を達成できるはずなどないから、それさえ聞けばこの茶番も終わりだ。

「いつも美しいけれど、今日は更に美しいね」

「……は？」

予想していたこととまったく違うことを言われて、虎白は唖然とした。イツモウツクシイケレド？　キョウハサラニウツクシイネ？　まったく言葉が頭に入ってこない。この男は今、本当に言語を話したのか？

「せっかくだから、私のために着飾る君が見たいと思って条件を出したのだけれど、言ってみるものだね。まさか本当にここまで着飾ってくれるとは思わなかった」

「あの条件を出したのはお前か!!」

てっきり、龍族との見合いで毎回出される、共通の条件だと思っていたのに。

「私は長だよ？　私が出さないで誰が出すんだい？」

「そういう意味じゃない!!　俺はあれが毎度出されている見合いの条件だと思ったから、わざわざこうやって――」

「虎白！」

途端に星龍が嬉しそうに手を握ってくる。

「私とどうしても見合いがしたくて、頑張って着飾ってきてくれたのかい？」

「違う！　白虎族の面子のために、最低限の準備はしなければならないと思っただけだ！」

それは本当のことなのに、何故か頬がかっと熱くなる。これは怒りのせいだ。決して羞恥なんかではない。

「ははは、冗談だよ、虎白。そんなに怒らないで。私だってそこまで愚かではない」

からかわれたと分かって、虎白は状況も忘れて舌打ちをした。完全に星龍のペースに乗せられている。

「さっさと見合いの条件を言え！」

そしてさっさと館に帰ろう。もう絶対にそうしてやると虎白が憤れば、星龍はこくりと首を傾げて、「言えないよ？」と言った。

「は？」

「見合いの条件は言えない、と言ったんだ」

「待て。見合いの条件を言えないのに、どうやって見合いをするんだ」

「今しているでしょう？」

「……見合いには条件があるんだよな？」

「うん、そうだね」

「それなのに、その条件を言えない？」

「そうだね」

「本当に、条件があるんだよな？」

条件があるふりをして、自分の好みだけで判断しているのではないのか。

視線に虎白のその気持ちが籠もっていたのか、星龍は噴き出してから言った。

「外の者に言えないだけで、龍族の者なら誰もがその条件を知っているよ」

「……なるほど」

見合いの条件はあるが、それを本人には伝えない。それはもしかしたら、条件を知らずにそういう行動ができるかどうかが肝心であるということなのかもしれない。

どちらにせよ、決して友好的とは言えない虎白がその条件を達成することはないだろう。

「見合いの条件を達成したかどうかはいつ分かる」

「すでに分かるけれど、もう知りたいのかい？　せっかくだからゆっくり話でもしてからに——」

「さっさと言え」

虎白が睨むと、星龍は肩を竦めてから手をパン！　と叩く。するとどこからか先ほど虎白を案内した者が現れて、星龍に書簡を手渡した。

「では、これを」

笑顔の星龍から受け取った書簡を広げる。そこに書いてある文字を読んで、虎白は思わず固まった。

嘘だ。嘘に決まっている。読み間違いに違いないとじっと字を見つめたが、その字が変わることはなく。

「おい、どういうことだ！」

「どうしたんだい？」

「おかしいだろ！」

虎白は開いた書簡を星龍に向かって突きつける。

そこには簡潔にこう書かれていた。

【見合いの条件の第一段階を達成しました】

「達成って何だ！」

「虎白は達成の意味が分からないのかい？　達成というのはね――」

「意味なら分かってる！　どうして俺が達成しているのかと聞いているんだ！」

「どうしてと言われても、達成しているから、としか私には言えないね」

「俺はここに来て、茶を飲んだだけなんだぞ⁉」

ましてや、星龍に対して一度も友好的な態度すら取らなかったのだ。それなのに何故達成したのか、意味がまったく分からない。

「おい、条件は何だったんだ！」

「だから、それは先ほども言ったでしょう？　外の者には話せない、と」

「なら、今すぐこの見合いをなかったことにしろ！」

虎白が混乱に任せてそう叫んだ途端、それまでずっと朗らかだった星龍の声色ががらりと変わった。

「それはできない」

「何だと？」

「いいかい、虎白。これは龍族の総意だ。この書簡は龍族が出した結論で、それを覆すことはできない」

星龍の目が、すっと細められる。見たことがない表情に狼狽えそうになる自分を叱咤し、虎白は星龍を睨み返した。

「龍族の総意だと？　半端者の俺との見合いが？　ふざけるのもいい加減にしろ！　お前らは俺を馬鹿にしているのか!?」

「どうして君を馬鹿にしていると思うの？　私達は最初から、君と見合いをするために場を整えた。そして君は条件を達成し、見合いの次の段階に進むことになる。むしろ、私達が戯れや冗談で見合いの場を設けたと思われたことのほうが不快だ。どうしてわざわざそのようなことをする必要があるのかな？」

「……っ！」

言われてみればその通りだ。龍族は暇ではない。断ることになると分かっている見合いを、わざわざする理由などないのだ。勝手に虎白がそう思い込んでいただけで。

「見合いの第一段階と言ったな……？」

「うん、言ったよ？」

「だったらまだ、見合いには他にも条件があるんだな？」

「そうだね」

「……」

星龍が頷くのに、虎白は少しばかり心を落ち着ける。あまりに驚いて取り乱してしまったが、もしかしたら今までの見合い相手も第一段階までは達成できていたのかもしれない。きっとこの先で落とされることになるのだろう。

「……分かった。それで、見合いの次の段階とやらは何だ。また後日改めてここへ来ればよいのか？」

とにかく、一旦館に戻って仕切り直しだ。そう思った虎白が立ち上がろうとすると、星龍の手がそれを止める。

「いえ」

星龍はゆっくりと首を振ってから、上機嫌に笑った。ひどく嫌な予感がする。

「このままここで一月の間、互いを知るために共に過ごすことになります」

「はあああああ!?」

誰と誰が共に暮らすだって？　あまりのあり得なさに、虎白は啞然と星龍を見つめた。

「ほら、ここが君のために用意した部屋だよ」

唖然としたままの虎白が連れてこられたのは、広くて居心地の良さそうな部屋だった。良い香りがしているのは窓の向こうに金木犀が植えられているからで、開け放たれた窓から吹き抜ける風も心地が良い。

部屋に置かれた家具は、それぞれ見事な装飾が施されている。特に奥にある大きな寝台の頭上には立派な龍の装飾が施され、ここが龍族の里であることを嫌というほどに思い出させたが、これまで壊れかけた寝台の隅で眠っていた虎白には、どれほど寝心地が良いのだろうかというほうが遥かに気になった。

「気に入ってくれた？」

「……居心地は悪くなさそうだ」

素直になれない虎白はそう言ってそっぽを向いたが、星龍はまったく気にした様子もなく、嬉しそうに虎白の手を引いて部屋の中ほどにある長椅子に座らせる。そうして当たり前に自分も隣に腰を下ろし、にこにことこちらに笑みを向けてきた。

「俺の顔に何かついているのか？」

「いいえ。ここに君がいることが新鮮で」

まさか自分が龍族の里に来ることになるとは、虎白自身も思わなかった。もうこうなったら開き直って、良い寝床での生活を謳歌してやる。滅多なことでは龍族の里になど入れない。ついでだから色々と探検をしてやってもいいかもしれない。

虎白がそんなことを考えている間も、星龍は虎白の顔をにこにこと眺めたままだ。

「ところで、いつまでここにいる気なんだ」

「……？」

「龍族の長というのは暇なのか？」

暗にここから出ていけと示したのに、星龍は立ち上がることなく「とんでもない」と首を振る。

「もちろん、やるべきことは日々たくさんあるけれど、今日はその全てを終わらせてある」

「……そうか」

それは、出て行ってくれないということだろうか。途端に顔を顰めたが、すぐに、だったら自分がここを出ればいいのだと気づいた。

「外を散策したいのだが、いいか？」

「もちろん。案内しよう」

「いや、いい。一人で――」

「ここは広いから、一人で歩けば迷子になる。私が隅々まで案内しよう。それに、そろそろ真白のおやつの時間も終わるだろうから、迎えに行ってあげるといい」

そうだ、真白のことをすっかり忘れていた。真白はただの人間だから、虎白の匂いを追ってくることもできない。もしかしたら先ほどの場所に戻って、虎白がいないことに戸惑っているかもしれない。そう思うと、俄かに真白のことが気になりだした。

虎白がそわそわとしていると、星龍が虎白の手を取って歩き出す。

「可愛いけれど、少しばかり妬けるね」

「何の話だ」

「いいえ、何でもないよ」

歩きながらも星龍の手を振り払おうとするが、強い力で握りこまれてそれもできない。

「おい、離せ」

時折、龍族の者とすれ違う。そのたびにぎょっとした顔をされ、虎白は顔を真っ赤にして抵抗したが、星龍は機嫌良く笑うだけで、どうしても手が離れていかない。

「駄目だよ。忘れたのかい？　私と君は今、見合いをしている最中だ。二人きりの時はともかく、こうして人目のあるところでは見合いに乗り気なところを見せておいたほうがいいと思うけれど？」

星龍の言葉にぎくりとした。父は体面というものをひどく気にする。見合いが破談になること自体は想定済みだろうが、虎白の態度が悪かったせいで破談になったと知れば、激怒する可能性はあった。

「…………」

虎白が諦めて振りほどこうとするのを止めると、星龍がぼそりと何か呟いた。

「私は本当に狡い」

だが、強い風が吹いたせいでその言葉を聞き逃す。虎白は「今何と言った？」と問いかけたが、星龍は首を振るだけで答えなかった。


星龍が言った通り、龍族の里は恐ろしく広かった。

山々に囲まれて豊富な水源を持ち、食物も多く自生している。食べることには困らないであろうその場所を羨ましいと思ったが、何より虎白を羨ましがらせたのは、最後に連れられてきた場所だった。

「ここが、この里で一番の場所だ」

そう言った星龍に案内されたのは、煙が立つ泉である。初めて見たその光景に、虎白は息を呑んだ。水から何故、こんなにも煙が立っているのか。

不思議に思って水に触れて、理由が分かった。

「湯、か」

「そう。温泉と呼ばれている」

「温泉」

「浸かれば傷の治りが早くなり、呑めば身体の内側から病を治す」

「……それは、すごいな」

「龍族は寒さに強くない。私達にとっては大事な場所だ」

「そんなところに、俺を案内して良かったのか？」

「君は私の番になる人だから」

「まだ決まってないだろうが」

「はは、そうだったね」

　こういう軽口が、この男の良くないところだ。見合い相手にこうして毎回愛嬌を振り撒いて、その気にさせてきたのだろう。いつかひどい目に遭うぞと呆れていたら、ふわりとどこからか花弁が飛んできた。

「……？」

　目の前をひらりひらりと舞い降りてきた花弁を手のひらに載せると、星龍が目を見開いてから蕩けるような笑みを浮かべる。

「ああ、君はすごいね」

「花弁を捕まえたことが、か？」

「その花は本来、まだ咲く時季ではないんだ」

「そうなのか？」

手のひらの中の薄桃色の花弁を眺める。小さな花弁が落ちていくのを見つけたのはほんの偶然だが、今の時季に見るのが珍しいと知ると嬉しくなった。

「龍族の里には、その花にまつわる言い伝えがあってね？　知りたい？」

瞳をきらきらとさせながら、星龍がそう問うてくる。

「話したいなら勝手に話せ」

少し気にはなったが、それを素直に言える性格ではなかった。花弁を指で摘まんで眺めながらそっけない言葉を返す虎白を気にすることなく、星龍はにこにこと嬉しそうに笑って言う。

「その花に愛された番は、たくさんの子を産んで龍族を繁栄させると言われているんだ」

「花に愛される、ね」

それほどに美しいという比喩だろうか。この花弁がたくさん舞う中で、星龍の隣に美しい誰かが寄り添う姿を想像する。それは光り輝くような幸せだった。虎白などが手を伸ばしても、決して届かないほどの幸せ。

「馬鹿馬鹿しい」

羨ましさを口にすることはできず、出てきたのは可愛げのない悪態だ。慣れた星龍はそれに怒ることもなく、虎白の頭上に視線を向けて言った。

「花に愛される姿は、きっと美しいのだろうね」

まだ見ぬ未来の番を思っているのだろうか。何となくその表情を見ていたくなくて、虎白は星龍に背を向けて歩き出した。

「とっとと真白のところへ案内してくれ」

星龍の隣に美しい誰かがいる時、自分は果たしてどこで何をしているのだろうか。その時もまだ、この首輪に縛められたままなのだろうか。それとも、あの広い世界へ飛び出しているのだろうか。

先のことは分からない。けれど、星龍が幸せそうに誰かと寄り添う姿を見たくはないな、と思った。それは幼馴染みが自分だけ幸せになることへの嫉妬か、それとも何か別の感情か。それすらも分からなかったけれど。


「ほええ……」

虎白のために用意された部屋に連れていくと、真白はぽかんと口を開けて部屋を眺めた後、神妙な顔で言った。

「虎白様、やはり番になった後はここに住むべきです。虎白様の館ではとても歯が立ちませんよ」

「真白！」

それではまるで、虎白がこの男と番になる気満々でいるようではないか。虎白は慌てて真白を叱ったが、隣の星龍は声を上げて笑い始めた。

「あははは！　真白、君は何て可愛い子なんだろう！　とても気に入った。仲良くしておくれ」

「え？　あ、はい！　喜んで！」

笑いすぎたらしい星龍の目尻に涙が浮かんでいる。馬鹿にされた気持ちですっかり不貞腐れた虎白は、星龍に握手を求められて目を白黒させる真白をよそに、中央に置かれた椅子にドスンと座って卓をこんこんと拳で叩いた。

「真白、茶！」

「はいはい。すぐに拗ねるんだから」

「真白！」

二人きりならいざ知らず、星龍の前で拗ねるだなんて言われたくない。子供っぽいと思われたらどうするんだ。

虎白が怒っている間に、星龍が正面の席に腰を下ろす。そうして茶器を持ってきて茶を淹れようとし始めた真白に待ったをかけた。

「待ちなさい。それでは茶葉が可哀想だ」

「え？」

困惑する真白の手を止めさせ、「見ていなさい」と星龍が茶を淹れ始める。茶葉を入れずに茶壺に湯を入れ、その湯を茶杯にも注いで器を温めてから捨て、また茶壺に湯を入れてしばらく置いた。

「茶葉を入れないのか？」

「まだ湯が熱い。茶葉にはそれぞれ適温というものがある」

「適温……」

真白が感心した様子で呟く。虎白も初めて知った。

少しして、星龍が茶壺の中に静かに茶葉を落とす。茶の涼やかな香りが漂う中、また少しの時間が流れ、それからようやく星龍が茶杯にそれらを注いだ。

「どうぞ」

促されて口に含み、思わず「美味い」という言葉が次いで出る。

「君も飲むといい」

恐縮しながら茶杯を受け取って口をつけた真白も、驚いた顔で「美味しい……」と呟いた。

「基本を守れば、どんな茶葉でもそれなりに美味しく呑めるはずだよ？　せっかくだから、ここにいる間に少し学んでいくといい。真白に先生をつけてあげよう」

「本当ですか⁉」

「このようなことで嘘は吐かない。ついでに基本的な礼儀作法も学んでくるといい。明日から毎日、迎えに来させよう」

「ありがとうございます！」

「ああそれから、君の部屋はこの隣に用意させてあるから、夜はそちらで眠りなさい」

「え？　私の部屋まで!?　いいえ、駄目です！　そこまでしてもらう訳には！　私はこの部屋で全然大丈夫ですので！」

普段から、虎白と真白は同じ部屋で寝起きを共にしている。ただ単に館の広さがさほどないせいだ。

「そういう訳にはいかない。彼は今、私の見合い相手だ。他の誰かとの同衾を許す訳にはいかないからね」

「そ、そんな、同衾だなんて……！」

「君達の関係がそうでないことは知っているが、誤解を招く行動はよくないということだよ。覚えておきなさい」

「……はい」

「とりあえず、隣の部屋を見ておいで。きっと気に入ると思うよ？」

星龍にそう促された真白は、しょぼんとした顔で隣の部屋を見に行く。

「真白の世話までさせてすまない」

礼儀作法は、本当なら虎白が教えてやらなければならないことだ。真白のことをいっぱしに育てたつもりになっていたが、そもそも虎白自身が礼儀作法をまともに知らないから、真白に恥をかかせてしまった。

自分の不甲斐なさに落ち込む。真白を自分の手元に置き続けているのは、虎白の一人に戻りたくないという自分勝手さゆえのことだ。真白のためには、人里に預けてやったほうがいいと分かっている。だからせめて不自由な思いをさせないようにと心を砕いたつもりだが、虎白自身に足りないものが多すぎた。

「偶々私にしてあげられることがあっただけだよ。それに、彼にずっとここにいられるのも困るからね」

「え？」

困るとはどういうことか。落ち込んで下がっていた頭を上げると、星龍と目が合う。相手の一挙手一投足を見逃さないというようにじっと見つめてくる、星龍のこういう視線が虎白はひどく苦手だ。

「どうして困るんだと思う？」

星龍はいつだって、虎白に答えを求めてくる。思わせぶりな態度で虎白を揺さぶって、からかって遊んでいるつもりか。

きっとこの美しい龍は、嫌われ者の虎白などと違って恋の経験も豊富なのだろう。……たとえば鹿琳とか。

考えたら胸の辺りがむかむかして、虎白が星龍から視線を逸らした時だ。

「虎白様……!!」

隣の部屋を見に行った真白が、ものすごい勢いで飛び込んできた。

「すごいですよ！　ちゃんとした寝台がある！　あんなにすごいところで、一人で寝られるなんて！」

やめろ、真白。普段どんなところで寝ているのかと思われるだろうが。

案の定、星龍は不思議そうに首を傾げた。

「ちゃんとした寝台とはどういうことだい？」

「え、あ、いや……っ、私が普段使っている寝台よりも遥かに立派で、素晴らしかったもので……！　は、はははは っ」

ぼろぼろで半分底が抜けたような寝台で眠っているなんて言ったら、見合いが破談にされるかも、と思ったのだろう。真白はものすごい勢いで手を振りながら、笑って誤魔化した。

「そう？　気に入ってもらえたならよかった」

真白のお陰でおかしくなりかけた空気が霧散して、虎白はほっと息を吐く。お陰で助かった。

虎白とて、星龍と無駄に喧嘩をしたい訳ではないのだ。

「虎白」

星龍の手が、そっと虎白の手に重なってくる。

「他にもして欲しいことがあれば、何でも言って欲しい。君達がここで心地よく過ごせるように手配するのは、私の務めだ」

「もう充分だ」

敢えて一つ挙げるとするなら、今すぐお前にここから出て行って欲しい。さすがにそれを言ってはいけないことは分かっているので、虎白はすっと手を引き抜いて首を振った。

だが、虎白のその願いも虚しく、星龍はそのままずっと部屋に居座り続けた。夕飯を共に食べ、風呂も共にしようとした時はさすがに蹴り出したが、風呂が終わればまた戻ってきて、気づけばもう眠る時間である。

まだ子供である真白の夜は早く終わる。眠そうに目を擦って「おやすみなさい」と隣の部屋に真白が引き上げたところで、虎白はもういい加減いいだろうと星龍を睨みつけた。

「いつまでいるつもりだ」

「そうだね。明日はさすがに執務があるから、ずっとは共にいられない。残念ながら、朝にはお別れだね」

「は……？」

朝？　この男、朝までここにいるつもりなのか？

「冗談はやめて、さっさと自分の部屋へ帰れ」

「あれ？　言わなかった？　ここは私の部屋なのだけれど」

「…………は？」

ちょっと待て。ここが星龍の部屋だって？　思わず、今日一日を過ごした部屋を見回す。

考えてみたら、客を泊まらせるにしてはやけに生活感があることに今更気づいた。書物が積み上がった机に、どこかで見たことのあるようなものが色々と飾られた棚。

「ここは俺のために用意した部屋だと言わなかったか？」

「私の部屋を、君のために整えておいたんだよ」

「待て。じゃあ、ずっとお前がここにいるのは――」

「もちろん、私の部屋だからだね」

唖然とした後、虎白は顔を真っ赤にして怒鳴った。

「今すぐ客間へ案内しろ！」

信じられない。見合い相手を自室に招き入れるとは。

ここは星龍にとって、ごく私的な空間のはずだ。そんな場所に、見合いのたびに見合い相手を入れるなんて、虎白にはまったく理解できない。

虎白の館はぼろぼろだが、それでも虎白にとっては大事な場所だ。これまで館の中に入った者は数えるほどしかいないし、今となっては真白しか中には入れない。唯一安心できるはずの場所に、誰彼構わず招き入れるなんて考えられなかった。

「それはできない。何しろ、私と君は見合いの最中で、これは互いを知り合うために必要な手順だ」

「今更、俺とお前が何を知り合うって⁉」

「そうだね……たとえば、君が普段暮らしている館の話？　それか、君が白虎族にどのような待遇を受けているか、なんてどうかな？」

「…………」

嫌な方向に話が進み始めた気がして、虎白は口を噤んだ。これまで、星龍とその手の話はしたことがない。当然だ。誰が自分のみっともなさをわざわざ口にしたいものか。

お前が住んでいる場所とは似ても似つかないようなぼろぼろの場所で、雨露を凌いで生きてますと言えと？　一族には無視され、首輪で繋がれて畜生のような扱いを受けているなんて言えるとでも思うのか。

「へえ……やはり噂は本当だということ？」

「噂なんか知らん。俺相手に噂話をしてくるやつがいるはずないだろ」

「虎白」

誤魔化されてやるつもりはないと、声がそう主張していた。しばらく無言で睨み合う。結果的に、折れたのは虎白のほうだった。

「……だったら何だ。半端者が相手に相応しくないと言うなら、今すぐ見合いを破談にすればいいだろうが」

「半端者……？　誰がそのようなことを？」

「は！　今更だな。ああ、そうか。それこそお前に悪口を聞かせるやつなんかいないよな。いまだに変化ができない白虎族の半端者の話なんか――」

「虎白、白虎族は君を大事にしていないということ？」

かっとしたのは、それが事実だからだ。分かってはいても、他人にその言葉を突きつけられるのは痛い。

「俺を大事にしていない？　むしろどこに大事にするやつがいるんだ！　お前と俺は違う！　いい加減、自分の枠に俺を当てはめるのはやめろ！」

虎白を大事にしてくれる者なんかいない。……違う。一度だけ、こいつなら自分を大事にしてくれるかもと思った。

今、虎白の目の前にいる男だ。

だが、その期待は裏切られた。お前が裏切ったんじゃないか、星龍。

それなのに星龍は、またしても期待させるような態度ばかり取ってくる。もう二度とこの男に期待などしたくない。そう思うのに、言葉の端々に込められる心配にまた期待してしまいそうになる。この男は自分のことを好きな訳ではない。そんな期待などすぐに裏切られると分かっているのに。

「興味本位で俺の人生に口を出すな！」

声を荒らげて立ち上がろうとすると、星龍の手が虎白の腕を摑んで押し止めた。

「怒らせるつもりではなかった。ただ、君の状況を知っておきたかっただけだ。不愉快な思いをさせたなら謝るから、いなくならないで」

今すぐにでも摑まれた腕を振り払いたかったが、強く握られた手は簡単には離れていきそうにない。

それに、悔しいが星龍の言い分はもっともだとも思った。見合い相手の状況を知ろうとするのは普通のことだ。勝手に劣等感を感じてそれに過剰反応してしまった、虎白のほうが悪い。

「……もう寝る」

力任せに振り払う代わりに、星龍の手を摑んで腕から外させる。立ち上がって寝台に向かい、ごろりと横になると、よいしょと自分を跨ぐ星龍の姿があって。

「おい！」

「ここは私の部屋だと言ったでしょう？　寝台は一つ。私もここで寝させてもらうよ」

「だったら、俺が別のところで寝る！」

床に転がって眠るのには慣れている。長椅子でも何でも、別の場所で寝てやろうと起き上がろうとしたが、腰を跨いだままの星龍にそのまま押し倒された。

「虎白、ただ一緒に寝るだけでしょう？　どうしてそこまで恥ずかしがるんだろうね」

「恥ずかしがってなどいない！」

「でも、私のことを意識しているから、一緒に寝られないのでしょう？」

「そんな訳ないだろ！」

「だったら、私が隣に寝ても気にならない？」

「当たり前だ！」

「それは良かった」

にこりと笑う星龍の顔を見て、虎白はまたやられた！　と思ったが、すっかり言質を取った星龍は、いそいそと虎白の隣に寝転がる。

誰かとこうして眠ることを恥ずかしく思うのは、子供の頃の憧れのせいだ。小さな子供は親と寝るものだと知り、父に抱きしめられて眠るのはどういう心地だろうと考えたことがあった。だが自分はもう成人を迎えている。子供のように誰かと眠ることなど必要ない。

真白とは共寝することがあったが、そばで寝ていたのは幼い頃だけで、今では近くで寝ているものの、さすがにすぐ隣で眠ることはなかった。

「昔はよく、こうして一緒に昼寝をしたよね？　覚えている？」

「覚えてない」

本当はよく覚えていた。集めてきた落ち葉の上に布を敷いて、ふかふかなそこに二人で寝転がり、青々とした空を見上げて笑い合ったことを。

あの頃は寂しさを知らなかった。手を伸ばせば隣に星龍がいて、目が合うたびに「大好き」と言ってくれたから。

自分を愛してくれる人がこの世にいる。そのことが虎白に自信を与えていた。自分は一人じゃない。星龍がいてくれる。……そんなものはまやかしだったが。

「虎白……あの頃から、私は何も変わっていない」

嘘を吐くな。お前はすっかり変わってしまった。俺の知っている星龍ではなくなった。にこにこと胡散臭い笑みを貼りつけて、誰彼構わず愛嬌を振り撒いて……俺に好きだという言葉もくれない。

そんなのは、俺の知っている星龍じゃない。


翌朝。

何だか息苦しくていつもより早い時間に目を覚ました虎白は、目の前にあるとんでもない美貌を前に固まっていた。

またか、この野郎。人の身体をぎゅうぎゅうと抱きしめて暖を取って眠っている男の顔を、苛立ち交じりにぺちぺちと叩く。

「……ん……どうしたの、虎白……？」

「どうしたの？　じゃない。さっさと離せ」

「嫌だ。まだもう少し眠りたい」

　星龍はもぞもぞと虎白の胸に顔を埋めて、眠りの世界へ戻っていこうとする。こんなに寝汚いなんて聞いていない。何とか引き剝がそうとするが、寝ているくせに力が強くてどうにもならず、諦めて力を抜いた時だ。

「虎白様、おはようございます……」

　別々の部屋で暮らすなどという生活を送ったことのない真白が、扉を叩くことなく入ってきてしまい、寝台に横たわる二人の姿を見て固まる。

「違う、誤解だ」

　本来、このようにして寄り添い合って眠るのは家族だけだ。真白に誤解されていることに気づいて虎白はすぐにそう言ったが、真白は慌てた様子でこちらに背を向ける。

「すすす、すみませんっ、まさか……そんな一足飛びに関係が進展するなんて思わずにっ」

「違う。真白、落ち着け。本当に誤解だ」

「かかか、考えてみたらそうですよね！　お二人は番になられるのだから、これぐらい当たり前ですよね！」

「だから違うと言っているだろうが！」

「虎白様！　往生際が悪いですよ!?　だってどう見たってそういうことですよね!?」

「そうだよ、虎白。往生際が悪いよ？」

突然割って入った声に、虎白は自分の胸元を見下ろす。ぱっちりと目を開けた星龍が、楽しそうに続けた。

「昨夜は素敵だったよ」

「ほらーーー!!」

途端に鬼の首を取ったように騒ぎ出す真白に、虎白はまた「違う！」と叫んで、胸元にぐりぐりと顔を押しつけてくる星龍の頭をぽかりと叩く。

「子供をからかうのはやめろ！」

「ははは、朝から賑やかで楽しそうだったから、仲間に入れてもらいたくて」

「仲間に入れてもらいたくて、話をややこしくするやつがあるか！」

いい加減にしろと星龍を引き剝がし、苛立ちのまま起き上がって寝台を降りる。すっかり寝乱れてぐちゃぐちゃの髪に、今にも肩がはだけそうな寝衣姿を見て、真白が目を白黒させた。

「そんなに衣を乱して、朝まで何をしてたんですか！」

「これはあいつが俺を抱き枕にして寝ていたからだ！」

「そうだよ。虎白と私は清い関係だ。今はまだ、ね」

背後からふわりと肩に何かがかけられる。青碧色のそれは、昨日星龍が着ていたものだった。

「子供にそのような姿を見せるのは良くない。きちんと身だしなみを整えて」

襟を正され、外衣代わりに深衣に袖を通させられる。振り返れば、いつの間に着替えていたのだろう、すでに身支度を整えた星龍がそこに立っていた。

「い、一緒に寝ていたんですよね？」

「君にはまだ言っていなかったが、ここは私の部屋だからね。見合いが終了するまでは、なるべく一緒に過ごすことになる」

泡を食った顔をしている真白に星龍はあっさりとそう言って、手早く虎白に衣を着付けていく。

子供扱いされているような態度に怒るべきなのだが、誰かにそうして世話を焼かれるのは心地が良かった。抵抗せずに自分の手を受け入れる虎白に星龍が小さく笑みを零したが、それにも気づいていないふりをする。今喧嘩をして、この手が離れていくのが何となく嫌だった。

「ここ、星龍様の部屋なんですか⁉……なるほど、見合い相手を知るために一緒に寝ている……

……ということでいいんですよね」

真白がじとりとした視線を星龍に向ける。ただの人間が獣人族の長に対して向けるには失礼が過ぎる態度だが、星龍は気にした様子もなく笑顔で頷いた。

「そういうことになるね」

そうこうしている間に朝食の時間になったようで、昨日扉の前に立っていた二人の子供が盆に載せた料理を運んでくる。

先に席についた星龍に続いて料理が並べられた卓に向かおうとしたら、すすっと隣に立った真白が小声で言った。

「虎白様がそんなにふしだらだなんて知りませんでしたよ?」

「ふしだら?」

「まだ番にもなっていないのに、子が出来たらどうするつもりなんですか」

「はあ?」

真白の言葉に驚いて、知らず大きな声が出る。先に席についていた星龍がこちらを向くのが見えて、虎白は真白にだけ聞こえる声で言った。

「番にもなっていないのに、子が出来る訳がないだろうが」

虎白は思った。やはり自分は真白に対する教育が足りていなかった。真白ときたら、どのようにしたら子が出来るかも知らないのだ。

もの知らずな真白を諭すつもりで虎白はそう言ったが、真白からの返事は「はあ!?」だった。あまりに大きな声を出すので、星龍の視線がまたこちらを向き、「何か問題でも?」と声をかけられる。それに「何でもありません!」と返事をしたのは真白で、だがすぐに虎白に向き直ると、虎白の腕を引っ張って身をかがませ、小さな声で言った。

「虎白様、どうしたら子が出来るか、もちろん知っているのですよね?」

「当たり前だろうが。番になった者同士が、発情期が来た夜に共に寝台で眠れば子が出来る。

俺と星龍は番ではないし、そもそも俺には発情期というものが来たことがない。子が出来るはずがないだろ」

まだ子供の真白は寝台で眠るだけで子が出来ると勘違いしたのだろうが、物事には順序というものがある。寝台で寝たからと言って子は出来ない。番になって発情期を迎え、寝台に入る。それが子が出来るための儀式だ。

虎白は真白に懇切丁寧にそう説明してやったが、真白は顔を真っ青にして叫んだ。

「嘘でしょう⁉　どこの馬鹿がっ……いえ、どこの誰からそんなことを教えてもらったんですか⁉」

途中で星龍のことを思い出したのか、真白はまた小声に戻ったが、星龍が不思議そうにこちらを見ているのを確認して、虎白は大声を出すなと視線で釘を刺す。真白の教育が出来ていないと思われるのは一度で充分だ。

「鷲嵐だ」

あれはいつだったか……そう、数十年前に鷲嵐と酒を酌み交わした時のことだ。発情期というものが来ない虎白に、鷲嵐が言ったのだ。

『発情期が来ないということは、精通もまだなの？』

『せいつう？』

言葉の意味が分からなくて問い返せば、鷲嵐は啞然とした顔をした。

『え？　本当に？』

『せいつうって何だ？　それは必要なことなのか？』

『ひ、必要っていうか……まあ、子を生すためには……』

『子を生すにはそのせいつうが必要なのか？　どうやって子を生すんだ？』

『え？　そ、そこから……？』

　当時の虎白は子を生す方法を知らなかった。そもそも自分が子を生す可能性があるとも思っていなかったからだが、一度気になるととことん気になるのが虎白である。

『鷲嵐、教えてくれ。どうすれば子が出来るんだ』

　鷲嵐はしばらく困ったような顔をして黙り込んだが、虎白が諦めずにじっと見つめ続けていると、杯に残っていた酒を一気飲みしてから教えてくれたのだ。

『番が出来て、発情期が来て、一緒に寝台に入れば子が出来る。うん、間違いない』

　なるほど。番になる時には契りを交わすための儀式を行い、神に報告をする。それは神に子を持つための心の準備が出来たことを報告するための儀式でもあるのか、と虎白は納得したのだった。

　鷲嵐は物知りだ。その鷲嵐が言っていたことに間違いがあるはずがない。

「鷲嵐様……逃げたな……」

　真白がぼそりと呟く。

「逃げた？」

「いえ、こちらの話です。それより虎白様、くれぐれも、隣に寝るだけにしてくださいよ？」

「隣に寝る以外に何をするんだ？」

「わ、私の口からは言えませんよ！」

「……？」

真白が顔を真っ赤にして手をぶんぶんと振ってくる。反応の意味が分からずに更に問いかけようとしたが、背後から声がかかるほうが先だった。

「虎白、早くしないと料理が冷めてしまうよ」

「ああ、そうだな」

気になることは多々あるが、まずは腹ごしらえだ。きゅるきゅると鳴った腹を押さえて卓へと向かえば、後ろをついてきた真白が小さな声で呟いた。

「大丈夫かなあ……」

大丈夫じゃないのはお前のほうだ。呆れつつ席に着くと、前の席に座っている星龍がじっと虎白を見つめてくる。

「二人で楽しそうに話していたけれど、私は仲間に入れてくれないのかな？」

「別に大した話はしていない」

「そう？」

「それより、今日から忙しいんじゃなかったのか？」

話を断ち切るために、のんびりしていていいのかと言外に匂わせる。星龍は朝食の粥を一口食べて満足そうに頷いて、虎白ににっこりと笑みを向けてきた。

「今日は午前中に執務が入っている。真白にも今日から礼儀作法の授業を受けてもらうことになっているし、退屈なら私のところへ来るかい？」

「結構だ」

「そう？　残念だけど、仕方がないね。何かしたいことがあるなら、いつでも声をかけてくれて構わないよ？」

「せっかくだからのんびり寝ることにする」

俺のことは放っておけと、鼻を鳴らして朝食を食べ始める。粥を一口食べて、虎白の手が止まった。

何だこれ、ものすごく美味い。

虎白は味の濃いものを好む。……というよりも、基本的に煮たり焼いたりしかできないから、調味料を適当にぶち込んで味を濃くして誤魔化して食べていることが常で。だから粥などは味気なく思えてあまり好きではなかったが、この粥は見た目にそぐわず濃厚な味がした。

「お気に召したかな？」

「……まあ、嫌いじゃない」

「ふふ。良かった」

そっけない言葉を返したが、再度食べ始めた手が止まらないのが答えだ。何故、こんなに濃厚な味がするのだろう。海の味がする。見た目はただの粥なのに。

「ここにいれば、いつだって食べられるよ？」

「…………」

何だこいつ、自分はいつでも食べられるという自慢か？

むっとした虎白に、星龍は困った顔で肩を竦めた。

「まあ、気長に頑張ろうかな。……昼には戻るから、いい子にしていて」

朝食を食べ終えた星龍が立ち上がり、まるで子供に言い聞かせるようにそう言って、額に唇を寄せてくる。ちゅっと音を立てて唇が離れていったことに驚いて、食べていた果物がむぐっと喉に詰まった。

「ああ虎白、落ち着いて食べないと駄目でしょう？」

「ぐ…っ、ぐふっ……い、今のは何だ！」

何とか詰まっていた果物を呑み込んで問えば、星龍はこくりと首を傾げ、「挨拶だよ？」と言った。

「挨拶だと!?」

「そう。遠くの地では、こうして挨拶をするのが普通らしいよ？」

「挨拶……」

本当に、こんなものが挨拶として普通なのか？　まったく理解できなかったが、虎白は外の世界のことをまるで知らない。このぐらいでどうしたのかという顔をされれば、過剰反応した自分が間違っている気がしてきて、慌てて表情を取り繕ってふんと鼻を鳴らした。

「さっさと行け」

手をひらひらとさせて追い出そうとしてからふとあることに気づいて、虎白は立ち上がって星龍の前に近づく。

「虎白？」

慌てて着替えたのか、襟の後ろが少し乱れている。無言でそれを整えて、「よし」と満足してからはっと気づいた。

しまった。真白の世話を焼く癖がついているせいで、当たり前のように手出しをしてしまった。だが、今更襟を乱すのもおかしい。

「え、襟を乱した龍族の長など、みっともないからな！」

星龍は少し驚いた顔をしたが、すぐに蕩けるような笑みを浮かべた。

「ありがとう、虎白」

「べ、別に礼を言われるようなことじゃない」

いいからさっさと行けと、今度こそ星龍を追い出しにかかると、星龍は部屋の扉の前で一度振り返った。

「行ってくる」

「ああ、気をつけてな」

　反射的に返事をして、また後悔をする。どうして俺があいつのことを心配なんかしなくちゃいけないんだ。

　部屋を出ていく星龍の姿を見送りながら歯嚙みしていると、入れ替わりに入ってきた双子が不思議そうな顔をして言った。

「長に何かありましたか？」

「何か、とは？」

「……いえ。真白様をお迎えに上がりました」

　双子は一瞬だけ何か言いたげな顔をしたが、すぐに表情を引き締めて礼を取る。

「あ、迎えに来てくれたの!?　ありがとう！」

　双子とすっかり仲良くなったらしい真白は、嬉しそうに二人に駆け寄って「真白って呼んでよ」とか「二人も一緒に授業を受けるの？」などと話し、虎白を振り返って「私が戻るまでいい子にしててくださいね！」と言ってから、嵐のように去っていった。

　どいつもこいつも、虎白のことをいくつだと思っているのか。

「それで？　新婚生活はどうだい？」

「帰れ」

星龍の部屋で暇を持て余していたら、どこから聞きつけたのか、鷲嵐が訪ねてきた。ちょうどいい暇潰しになると中に入れた途端にこれだ。

「あはは、冗談だよ。そんなに怒らないで」

虎白の不機嫌を気にすることなく、のんびりとした調子で言った鷲嵐は勝手に椅子に腰掛ける。

「ほらほら、遠慮せずに虎白も座りなよ」

まるで自分の部屋であるかのような鷲嵐の態度に顔を顰め、虎白はどさりとわざとらしく大きな音を立てて席に着いた。だがそんな虎白の態度もどこ吹く風で、鷲嵐は「お茶ぐらい淹れてくれてもいいでしょう？」と促してくる。

「何しに来たんだ」

「もちろん、虎白をからかいに」

「帰れ」

「冗談だよ。星龍様に呼び出されてここへ来たのだけれど、きっと虎白が退屈しているだろうから、少し話し相手になってやってくれと言われてね」

「……あいつの差し金か」

退屈していたのは本当だが、星龍のお膳立てだと思うと面白くない。唇を一文字にした虎白をよそに、ふわりと庭から香る金木犀の香りに気づいた鷺嵐は「いい香りだ」と呟いた。

「まあ、星龍様がそんなことを言うなんて思わなかったから、私も驚いたけれどね」

それは、星龍が虎白を気遣うなんて思わなかったという意味だろうか。星龍と虎白の接点を知らない者からすれば、余計にそう思えるのかもしれない。

何と答えるか迷ったが、結局口を噤んだ。元々幼馴染みだったなんて、今更言う必要などない。開け放たれた窓から通る風が虎白の髪を靡かせると、鷺嵐はそっとその髪を掬う。

「ようやく虎白も身綺麗にすることを覚えたようだね」

「髪を梳いたぐらいで大袈裟だ」

「虎白が自分から気を遣うようになったことが大事なんだよ」

違う。あいつがちゃんとしろと言うから。そう言いかけたが、やはり口を噤む。星龍との関係を、説明したくない。どういう関係だと言われて、上手く説明できる自信もなかった。

結局言葉が見つからなくて、虎白は無言で茶を淹れ始める。その手つきを見ていた鷺嵐が、驚いた顔で声を上げた。

「虎白ってば、どこでそんな丁寧な茶の淹れ方を習ったの？」

「……別に。俺だって本気になればこのぐらい出来る」

星龍に教わったとは言いたくなくて、そっぽを向きながら茶杯を鷲嵐の前に差し出す。鷲嵐はさっそく茶杯を手に取って口をつけ、それから満足げに微笑んだ。

「ああ、美味しい。星龍様の味だね」

「……っ」

にやにやとした顔でこちらを見てくるのが憎らしい。分かっていたなら、わざわざ聞かなくともいいだろうが。

「ここに来るまでは少し心配だったのだけれど、安心したよ」

「安心？」

「ここはとても居心地の良い場所だね。肌つやも良いようだし、見違えたよ」

「……これは、見合いのために着飾る必要があったからで――」

「細かい事はいいんだよ。……うん、決めた。私はあの方を信じる」

「あの方？」

虎白の言葉を聞いているのかいないのか、鷲嵐は曖昧に笑って、もう一口茶を飲んだ。

「ところで虎白、聞きたいことがあるのだけれど」

「何だ」

「私があげた耳飾りの話を、星龍様にした？」

「ああ、したな。何だ、いけなかったのか？」

確か、あの耳飾りに使われている石は珍しいものだったと聞いた。誰彼構わず話してはいけなかったのだろうか？

「もしかしてそれ、この間の宴会の時？」

「そうだが？」

虎白の言葉に、鷲嵐は何故かぷっと噴き出した。

「なるほど。これで謎が解けた。あの方も、存外に可愛いところがある」

「……？　何の話だ」

「気にしないで。突如起こった謎の現象の理由が、腑に落ちただけだから」

虎白にはさっぱり意味が分からなかったが、鷲嵐は素知らぬ顔で茶を啜り、それからまた言った。

「もう一つ、聞きたいことがあるのだけれど」

「何だよ」

いつもは博識な鷲嵐にこちらが質問する側なのに、おかしな話だ。普段世話になっているので邪険にする訳にもいかずに促せば、予想外のことを尋ねられた。

「その首輪、どこで手に入れたもの？」

「……何故、急にそんなことを聞くんだ」

一瞬だけ反応が遅れてしまったが、表情には出さずに済んだと思う。まさか今更、鷲嵐がこの首輪に興味を持つなんて思わなかった。だってこの首輪は、見た目はただのどこにでもある装身具なのだ。

「ずっと素敵だなって思っていたから、手に入れられるものなら私も欲しいなと思ってね」

鷲嵐の答えにほっとして、小さく息を吐く。

「拾ったものだ。どこで手に入るかなんて知らん」

こんなものを欲しがるなんて、鷲嵐は本当に愚かだ。つけられたが最後、自分で外すこともできない。つけた者に対する服従を誓わされる、呪いの鎖だというのに。

「外して見せてくれない？」

「断る」

外せるものなら、とうに外している。触れるだけなら問題はないが、少しでも力を込めれば、込めただけの力が自分に跳ね返ってくる厄介なものだ。

「……星龍様の気にした通り、か」

耳のいい虎白にも聞こえぬほどの小さな声で、鷲嵐が何事かを呟く。

「何か言ったか？」

「私は知らぬうちに平和呆けをしていたらしいと思ってね。虎白の性格を、もう少し考えるべきだった」

「何の話だ」

虎白の疑問に答えることなく、鷲嵐は急に立ち上がって「帰る」と言った。何か機嫌でも損ねたのだろうか。

「虎白」

突然の態度の変化についていけない虎白を振り返った鷲嵐の表情は、見たことがないぐらいに真剣だった。

「勝手にいなくなることがないように。これだけは約束して」

「どこにいなくなると言うんだ」

「私は君を大切な友人だと思っている。だから虎白、何かあったら必ず相談してね。誰を敵に回しても味方になってあげたいと思うぐらいには、私だって君のことが好きだから」

「一体何の——」

その時、不意に鷲嵐のそばにあった茶杯がぱきりと割れた。欠けていたようには見えなかったのにと虎白は驚いたが、鷲嵐はそれに苦笑を見せただけで。

「やれやれ。まさかここまでとはねえ。聞き耳を立てるなどとはお人が悪い」

「鷲嵐？」

鷲嵐は「今度こそ帰るよ」と微笑んで、星龍の部屋をあとにする。

「結局何が言いたかったんだ、あいつは」

虎白の疑問に答える者は、誰もいなかった。

龍族の里で暮らし始めて数日。

初めはあれほど嫌で仕方がなかったのに、虎白は部屋に星龍の気配がすることにすっかり慣れてしまっていた。今日も午前で執務を終えた星龍は、午後の時間を部屋で過ごしている。のんびりと書物を読む星龍の膝に乗っているのは、虎白の頭だ。眠るなら膝を貸してあげるよと言われ、最初はもちろんふざけるなと怒ったが、のらりくらりと躱されたあげくに、気がつけばいつものように星龍のやりたいようにされていた。

だが一度その心地よさを知ってしまえば、次からは断ることなく好きにさせてしまう。目を瞑っている間も優しく頭を撫でる星龍の手を感じるのは、悪くない気持ちだった。

一度でもからかわれたらすぐに終わりにしたのだが、星龍は当たり前の顔で虎白を膝に乗せ、片手で頭を撫でながら、もう片方の手で器用に書物を捲って読んでいる。

気がつけば、星龍の温もりがそばにあるのが普通になってしまっていた。虎白が膝枕をしてもらうこともあれば、逆に虎白が星龍にしてやることもある。夜は星龍に抱き枕にされ、朝になれば遠い地では普通だという挨拶をした後で執務へと向かう星龍の姿を見送った。

そして虎白は日がな一日、この部屋でごろごろするか、散歩へ行くか、暇つぶしに書物を読むか、という生活をしている。

　星龍の部屋には書物が多くあり、それらを読むことは虎白にとってとても楽しいことだった。これまでは日々妖退治に明け暮れ、館に戻れば疲れて泥のように眠る生活が当たり前で。自ら積極的に何かを学ぶ時間もなければ、のんびりと身体を休める時間もなかったのだ。

　特に書物はいい。虎白の知らないことが詰まっている。妖の情報や戦い方の基本、礼儀作法に料理の作り方。何でも書物が教えてくれた。

　虎白があまりに夢中になって書物を読むので、「目が悪くなるから一日五冊までにしなさい」と星龍に怒られたのは昨日のことで、書物の持ち主に文句を言う訳にはいかないので我慢しているが、虎白は今もうずうずと書物の棚を眺めている。

「駄目だよ？」

　目敏く気づいた星龍に、窘められる。

「虎白は根を詰めすぎる。何事も程々が大事だ。書物は逃げないのだから、慌てて読む必要はないでしょう？」

　頬をふにっと指で摘まれた。ここで食べる料理はどれも虎白の口によく合い、たった数日で頬に肉がついてしまった気がしている。

「一月の間に読める数は限られているんだぞ？　一冊でも多く読んでおきたい」

「見合いが終わってもいつでも読めるよ。虎白はいつだってここに入ることができる」

　来る訳ないだろうが。そう思ったが、宥めるように頭を撫でてくる手が気持ち良かったので我慢した。何もわざわざ険悪になることはない。

だがやはりここにいると、目の前にある書物が読みたくてうずうずしてしまう。よし、と勢いをつけて、虎白は立ち上がった。

「虎白？」

「散歩に行ってくる」

「もうすぐ読み終わるから、少しだけ待てないかな？」

「お前はゆっくり読んでいればいいだろ。俺はちょっと走ってくる」

「……そう。気をつけて、すぐに帰っておいで」

「分かってる」

龍族は空を飛べば速いが、走ることはそう速くない。白虎に変化できない虎白にすら、追いつけないほどだ。

ごろごろしていたせいでなまった身体をぐっと伸ばしてから、虎白は部屋の外に出る。今日もいい天気だ。ここへ来てからというもの、雲一つない青空しか見たことがない。

「平和過ぎるな」

生まれて初めて、のんびりとした時間を送っている。自分でも驚くほど、心が落ち着いているのを感じた。

あれほどいつも張りつめて、星龍に対しても常に威嚇するようにつんけんしていたのに、生活が平穏になった途端にそれらの棘が身体から剝がれ落ちたような気分だった。

余裕のなさは感情をも支配する。そのことを嫌というほど痛感した。

「……これに慣れるのは、怖いな」

いずれまた、あそこに戻らなければならない。

思い浮かんだのは、ぼろぼろの館。

自分の唯一の居場所だと思っていたあの館に戻ることを、嫌だと感じ始めている。こういう時間は毒だ。優しさも居心地の良さも、知らないままでいるほうがよかったのに。

「考えるのはやめだ」

パン！　と両手で自分の頰を叩き、広い里の奥にある森の中を走り始めた。木々に囲まれたその場所は新鮮な空気に満ちていて、湿りけのある風も心地よい。

走れば走るほど、身体が軽くなるような不可思議な気持ち。これはおそらくこの場に満ちている清浄な空気のお陰だ。

神に愛されし場所。そう言われる場所はいくつかあるが、ここはその中の一つである。まさか里の中にそういう場所を持っているとは思わなかった。神通力を高めることができるというこういう場所は、本来は皆で譲り合って使うと聞いたが、ここは龍族のみが使える特別な場所だ。

ひとしきり走って、森の入口まで戻る。身体を動かして気分がさっぱりしたと思ったのに、そこで待ち受けていた者の姿を見て、虎白は思わず「げっ」と声に出してしまった。

「こんなところにまで足を踏み入れて、どういうつもり？」

声をかけてきたのは、鹿琳だった。星龍が以前着ていたものと同じ布で仕立てたのか、薄緑色の深衣を着たその姿は、まるで星龍の番であるかのようだ。長い髪の上につけられた冠にも龍の細工が施されており、そのあまりの見事さにじっと見つめてしまうと、鹿琳は自慢げに「ああ、これ？」と見せつけてくる。

「これは龍族の方々に頂いたんだ。星龍様の番に相応しい者のために作ったたってね」

「お前は見合いから脱落したんじゃなかったのか？」

素朴な疑問だったのだが、鹿琳はかっとした顔をして虎白を指差した。

「勘違いしないでよね！」

「何をだ」

「君はお情けでここにいるだけで、星龍様の番になるのはこの僕だ」

「へえ。見合いというのは、何度もできるものなのか？」

これもまた、虎白としては疑問が口を衝いて出ただけなのだが、鹿琳の逆鱗に触れてしまったらしい。

「……っ!!　お前なんか死ねばいいのに！」

顔を真っ赤にした鹿琳が、捨て台詞を残して走り去っていく。その背中を見送りながら、虎白はぼそりと呟いた。

「死ねばいいのに、か」

罵るにしてもあまりに幼稚な言葉だ。星龍はああいうのが好みなのか、と思うと急に胸がちくりとした。

「……？　食べ過ぎか？」

ここの料理が美味すぎて、調子に乗り過ぎたかもしれない。夜は少し減らそうと決めて、虎白はその場をあとにすることにした。

「調子に乗って……今に見てろよ……！」

夕飯のことを考えていたせいか、走り去ったはずの鹿琳が遠くから見ていたことにはまるで気づかなかった。

翌日の朝のことだ。

その日、星龍は朝から少し様子がおかしかった。

「虎白、申し訳ないけれど、しばらく私はここに戻れない」

起きるなりそう言った星龍は、朝食を共にすることもなく、足早に部屋から立ち去った。いつもなら部屋から出る時には額にくちづけをしていくのに、と考えて、虎白はすぐにその考えを打ち消す。

別にされたかった訳じゃない。ただいつもと違うから、少し気になっただけだ。

自分にそう言い聞かせ、虎白はここぞとばかりに書物を読み漁ることにする。だが、最初は書物を読むのが楽しかったのに、数刻もすれば何だか落ち着かなくなってきた。そうして気づく。この里に来てから、こんなにも星龍と離れて時間を過ごすのは初めてだ。

「執務が忙しいのか？」

別に戻ってきて欲しい訳ではない。そうではないけれど、もし執務が忙しいのなら、手伝ってやらないこともない。大して役に立つとは思わないが、虎白にだって少しぐらいは何かできることがあるはずだ。

そうは思ったが、これまでの関係性を考えると、そんな風に自分から声をかけるなんてことはできそうにない。

虎白は真白が授業を終えて戻るのを待ちかねて部屋をうろうろし、とうとう耐えきれずに外に出ることにした。

よし。何気ない風を装って星龍に近づき、さりげなく声をかけてやろう。

だが、いつも星龍が執務を行っているはずの部屋へ行ってみると、そこはもぬけの殻だった。

「あいつ、どこに行ったんだ？」

退屈したらいつでも顔を見せにおいで。そう言っていたのは星龍なのに。

当てが外れてどうしようかと考えていると、外廊下の向こうから龍族の者が歩いてくるのが見えた。向こうもすぐにこちらに気づき、美しい所作で礼をしてから「どうなさいました？」と問うてくる。

「いや、別に……」

話しかけてくるとは思わず、虎白は驚いてつい目を逸らしてしまう。

ここへ来て以後、あの双子以外の龍族の者に話しかけられることはほとんどなかった。皆、目礼はするものの、ただそれだけですぐに立ち去っていく。やはり自分は、龍族の見合い相手として相応しくないと思われているのだろう。それも当然のことだと思っていたから、話しかけられて逆にびっくりしてしまったのだ。

「今は、子供達が授業を受けに行っておりますので」

「……？」

「長も、さすがに怒りはしますまい」

「怒る？」

虎白が首を傾げると、目の前の男はこほんと咳払いをして、気を取り直した顔で言った。

「もしかして、長を捜しておられるのですか？」

「……別に、そういう訳ではないが……通りかかったら、いなかったから」

どういう態度を取っていいか分からず、虎白はしどろもどろにそう言った。嫌われている相手にはどうとでも振る舞えるが、友好的な態度を見せられるとどうしていいか分からなくなる。

「長に会いに来てくださったのですね。ああ、残念です。もし長がいらしたら、心から喜んだでしょうに。ですが長は、しばらく表には出てこられないでしょう」

「表に出てこられない？　どこにいるんだ？」

「気になりますか？」

男の目がきらりと光った気がして、虎白はうっと後ずさる。

「べ、別に気になってはいない！」

「長はしばらく洞窟に籠もることになっているのです」

思わず否定した虎白を無視して、男はあっさりと言った。

「洞窟……？」

「ええ、そうなのです。長は本日から発情期に入ってしまいまして」

「発情期……」

虎白には、発情期がどういうものなのか分からない。一度もなったことがないからだ。発情期になったら洞窟に籠もらねばならないなんて初耳だ。

だが、考えてみたら変化ができるのだから発情期が来るのは当たり前のことだ。むしろこれまで一度もその話にならなかったことのほうが、見合い中であることを考えると不自然だったのかもしれない。虎白に発情期が来ないことを知っていたからだろう。

「どれぐらいで終わるものなんだ？」

「それは、その時によって違いますので、憶測で申し上げることができません」

「そうか……」

「本来はまだ発情期が来る周期ではないはずなのですが、いくら長でもお気持ちまではどうにも制御できぬようでして、どうやら今回はそれに引きずられてしまったようで」

「……なるほどな」

発情期のことはまるで分からない。だがそれを白状するのが嫌で、何となく知ったかぶりをしてしまう。

「発情期を迎えるたびに洞窟に籠もられるよりも、私共としましては早く発散して出てきていただいたほうがありがたいのです」

「そうだな」

「分かっていただけますか!?」

「ああ」

いつまでも籠もられるよりも早く出てきてもらいたいという気持ちは理解できる。発散というのがよく分からないが、早く出てくる方法があるのなら、何故さっさとそうしないのかと虎白は怪訝に思った。

「ああ、ありがたい！　恩に着ます！　ではさっそく長のもとまで案内しますので！」

「え？」

「ぜひ虎白様の口からそのようにお伝えくださいませ！　きっと長もお喜びになります！」

「そ、そうか？」

何故虎白の口から伝えねばならないのか、それが何故星龍を喜ばせることになるのかさっぱり分からないが、虎白の手をぎゅっと握って訴えてくる男の切実な表情に、ついまた知ったかぶりをして頷いてしまった。

「そうと決まれば今すぐにでも！」

はりきった様子の男が前に立って歩き出すと、やはり嫌だとは言えなくなる。

まあいい。とりあえず星龍のもとへ行って、さっさと発散して出てこいと伝えればよいのだ。今はこの里で世話になっている身だ。それぐらいはしてやってもいいだろう。

そう決めて、男のあとをついて歩く。しばらく森の中を歩いて、洞窟が見えたところで男が言った。

「こちらです。私共はこれ以上近づけませんので、虎白様、あとはどうぞよろしくお願いいたします」

「え？」

近づけないとはどういうことだ。そう聞く暇もなく、男は来た道をすたすたと引き返していってしまう。

洞窟の手前で一人残され、戸惑ったのはほんの少しの間だけだった。

とにかく、早く出てこいと言えばいいのだ。それだけ言ってすぐに帰る。

「よし」

気合いを入れて、洞窟へと向かった虎白だが、いざ洞窟に辿り着き、その中に入ろうとしたら、唸るような声に止められた。

「虎白、何をしに来たの」

それは確かに星龍の声だが、いつもとはまるで様子が違った。

低く唸るような声は、苦しんでいるようにも怒っているようにも聞こえる。

「龍族の者に、伝言を頼まれた」

途端にちっと舌を打つ音が聞こえて、虎白はそれが自分の聞き間違いかと思った。これまで一度として、星龍がそのような態度を取っているのを見たことがない。今も見た訳ではないが、音だけでも充分に分かるほど、星龍は苛立っていた。

「余計なことを」

ぐるると喉を鳴らすような不快な音がする。こうして話が出来ているということは、今現在の星龍は人形であるはずだ。それなのに気配がいつもと違っていて、虎白はそれに戸惑ったが、ここへ来た目的を思い出して口を開く。

「さっさと発散して出てこい」

「今、何と？」

「だから、さっさと発散して出てこい。龍族の者もそれを望んでいる」

「……虎白、意味を分かって言っているの？」

意味など全然分かっていないから、虎白はそれには答えずに繰り返した。

「さっさと発散すれば、発情期などすぐに終わるんだろう？　いつまでもこんなところに籠もってないで――」

「必要ない。今すぐここから離れて」

冷ややかな声は、虎白が星龍から初めて向けられたものだった。胸が殴られたように痛くて、虎白は無意識に胸元をぎゅっと握りしめる。

「何だよ、その言い方は。俺は、ただ少しでもお前が早く出てくればいいと思って――」

「虎白。私は今、発情期が来ている」

「それは聞いた。でも、発情期が来ているからといって――」

いつまでも籠もっている必要はないじゃないか。出てこられる方法があるなら、さっさと出てくればいい。そうしたらまた、昨日までの生活に戻ることができる。虎白が考えたのはそれだけだった。

けれど星龍は、虎白の言葉を遮って言った。

「お願いだから、早くここから去って欲しい」

「……俺がここにいたら迷惑だって？」

いつでも会いに来ていいよと言ったくせに、同じ口で早くここから去れと言ってくる。星龍はあまりにも勝手だ。いつだってそうやって、虎白のことを振り回す。

「虎白、本当に申し訳ないけれど、今の私には余裕がない」

「だったら何だ」

「虎白」

聞こえてきたのは、それまでよりも低く脅すような声だった。

「今は君にここにいられると困る」

その声に、虎白はぎゅっと唇を嚙みしめる。

ほら見ろ。お前はいつだってそうだ。中途半端に期待させて、そのくせすぐに手のひらを返す。

「ああ、そうかよ。悪かったな、俺みたいな役立たずがやってきて」

「そんな話はしていない。ひどい目に遭いたくなかったら、今すぐここから離れなさい」

何だよ。虎白は苛立ちながらも星龍に向かって言った。

「じゃあ、代わりに誰か呼んで欲しい相手はいるのか？」

虎白には言えないことでも、同じ龍族の者には言えるかもしれない。最後の親切のつもりだったのに、星龍から返ってきたのはすげない言葉で。

「いいから放っておいて。絶対に誰もここに近づけないで」

取り付く島もないとはこのことだ。

「ああそうかよ！　勝手にしろ！」

あれだけ人に構い散らかしておいての台詞に腹が立って、虎白は足音も荒くその場を立ち去る。

だが、部屋に戻ってもどうにも落ち着かない。星龍にあんな態度を取られたことに腹を立てていたはずなのに、段々不安になってくる。

滅多に怒らない星龍を、たぶん怒らせた。そのことが虎白の心に影を落とす。

発情期って何だ。そんなに大変なものなのか？

気になって、星龍の書棚に近づく。手当たり次第に調べていると、それらしい書物を見つけた。獣人族の発情期について詳しく書かれたもので、虎白はそれを手に取って寝台に寝転び、夢中でそれを読み耽る。

そうして読み終わり、虎白は驚愕した。

「何だよ、これ！」

これが発情期だって!?

発情期というものは子供を生すための準備が整うことで、その準備が整って番ができれば、あとは寝台で共に眠るだけで神から子を授かるのだと、虎白はそう思っていた。

だが、この書物に書かれている内容を見て仰天した。子を生すためには身体を繋げなければならないと書いてある。詳しい内容は書かれていなかったが、互いに快楽を得て云々と書かれていて、虎白は訳が分からず動揺した。裸で抱き合うと書いてある。信じられない。

けれど書物を読んだお陰で、星龍が虎白を遠ざけた理由は分かった。

発情期が来ると、そうして誰かと身体を繋げたくてたまらなくなるらしい。番を得る前の若い獣人族なら、見境なく襲うこともあり得ると書物には書いてあった。襲うと言うぐらいだから、相手に怪我をさせるような事態になり得るのかもしれない。そのために星龍は、ああして洞窟に籠もっているのだろう。

ほんの少しだけ、悪いことをしたな、と思った。星龍はきっと、虎白のために早く離れろと言ってくれたのに、虎白は余計な世話をしたあげくに勝手に怒って立ち去ってしまったのだ。

しばらく考える。星龍が発情期である以上、近づくべきではない。星龍も来るなと言っていた。けれど、星龍にああして冷たくされたのは初めてで、どうしても気になってしまう。

結局、「ああもう！」と髪を掻き毟ってから、虎白は星龍のもとへ戻ることにした。

とりあえず、遠くから声をかけて謝ろう。今回ばかりは虎白が悪い。せめて謝罪はするべきだ。

だが、星龍がいる洞窟が見えてきたところで、虎白は足を止める。何かの包みを持ってこそこそと周囲を窺ってから、洞窟の中に入っていく鹿琳の姿を見つけたからだ。

「……何だ、そういうことか」

虎白を襲ったりしないように、傷つけないように、星龍は虎白を遠ざけてくれたのだと思ったが、実際はただ、本当に番にしたいと願う相手を待っていただけなのだ。

……星龍が必要とするのは、やはり自分ではないのだ。

「やっぱり、そうだったんじゃないか」

ほんの少しだけ信じかけたらこれだ。やはり他人など信じてはいけない。この心を全て明け渡す前で良かった。

「はは、馬鹿馬鹿しい」

呟いた自分の声が、みっともないぐらいに震えていた。

どうして衝撃を受けているのか。こんなことは今更だ。いちいち傷つくな。考えるな。心を殺して生きればいい。

自分に言い聞かせ、踵を返そうとした。だが不意に地面が揺れ、虎白は慌ててその場に伏せる。

「……？」

何が起こったのか。近くの山でも崩れたのか、と見回したが、外に異変は見当たらない。だがその時、虎白のするどい聴覚が洞窟から聞こえる星龍の唸り声を聞き取った。途端にまた、大きく地面が揺れる。

星龍と鹿琳が仲睦まじく裸で抱き合っているのではないかと思うと一瞬だけ戸惑ったが、すぐに心を決めて虎白は洞窟へと駆け出した。

もし二人が裸で抱き合っていたその時は、さっさとその場を立ち去ればいい。そう思って洞窟に飛び込む。

だがそこで虎白が見たものは、龍に変化して暴走する星龍の姿だった。

「おい、何があった！」

星龍の足元で腰を抜かしている鹿琳に駆け寄って怒鳴る。

「僕は何もしていない！」

「何もしていないのに、どうしてこんなに暴れているんだ！」

「知らないよ！」

虎白が鹿琳を怒鳴りつけている間にも、暴れた星龍の尾が洞窟の壁に当たり、石の礫がこちらに向かって飛んできた。

「グォォォォッ！」

星龍の咆哮が洞窟内に木霊し、そのあまりのうるささに耳を塞ぐ。

「星龍様！」

鹿琳が声をかけるが、星龍はそれに反応することなく、尾が地面に叩きつけられる。途端に地面にヒビが入り、龍の力の凄まじさを思い知らされた。

完全に正気を失っている。このままでは洞窟も崩れてしまうだろう。

「長！」

騒動を聞きつけたらしい龍族の者達が集まってきた。その中には双子と真白もいて、虎白に走り寄って「何事ですか⁉」と問いかけてきたが、知りたいのはこちらのほうだ。

一体何があったのか。まるで分からない。だが、このままではまずいことだけは分かる。

「このままでは里が大変なことになります……！　長、どうか気をお鎮めください！　一体何があったのですか⁉　長！」

龍族達の呼びかけも虚しく、星龍の暴走は収まるどころか激しさを増す。星龍が尾を振るうたびに洞窟が揺れ、ぱらぱらと欠けた石が降ってきた。

「駄目だ、理性を失ってしまっておられる！　どうしてこのようなことに……！」

「とにかく女子供を避難させましょう！　ああ、一体どうしたら……！」

龍族は最早混乱の極みで、おろおろと星龍を眺めて懇願するのみだ。

「長、お願いです！　落ち着いてください！」

龍族の者達がそう声をかければかけるほど、星龍はどんどん激昂していくようで、尾を地面に激しく叩きつけ、今にも洞窟から飛び出していこうとする。

混乱していた虎白だったが、とうとう黙って見ていられなくなって、気がつけば星龍の前に飛び出していた。

「おい！」

虎白が怒鳴りつけると、星龍の動きがぴたりと止まる。だがまだ威嚇するようにバチバチと神通力が身体に渦巻いているから、虎白は星龍の鼻先に跨って眉間の辺りをベチン！　と叩いた。

「いい加減にしろ！」

途端にざわりと周囲がざわめいたが、虎白は気にすることなく星龍を睨みつける。

「お前が暴れたら皆が迷惑するだろうが！　腹が立つことがあるなら、ちゃんと言葉にしたらどうなんだ！」

何が原因だか分からないが、要するに星龍は我を忘れるほどに何かに怒っている。洞窟内に渦巻く怒りの気配が、虎白にそれを教えていた。

手近なところでふよふよとしていた髭を引っ摑み、虎白はそれを使ってぺちぺちと星龍の頭を叩く。

「髭に触れたぞ！」

「な、何と無礼なことを！」

龍族が何やら騒いでいたが、そんなものは無視である。今はいい歳をして癇癪を起こした男に説教をしてやらねばならない。

「ただでさえ大きな身体で暴れたら、里が壊れるだろうが！　長が里を壊すなんて、前代未聞だぞ⁉　龍族の長ともあろうものが、そんなことでいいのか⁉　いい訳がないだろうが！」

　とどめとばかりに髭で眉間をベチン！　と叩くと、少しは理性を取り戻したらしい星龍が『だって』とでも言いそうな目を向けてくる。

「だっても糞もない！　どんな理由があれ、癇癪を起こして暴れるなんて子供のすることだ！　お前はいつから子供に戻ったんだ⁉　長が守るべき者達に迷惑をかけてどうする！」

　まったく人騒がせな男だ。何が気に入らなかったのか知らないが、文句があるなら暴れずに言葉にするべきだ。

「分かったら、とっとと変化を解いて、皆に謝れ」

　だが一旦は虎白の説教を受け入れたかに思えた星龍は、その言葉に抵抗するように目をぎゅっと細めた。

「おい」

　また髭で叩いてやろうとしたら、そうする前に鼻の上から降ろされ、代わりに衣を咥えて蜷局を巻いた自分の身体の中に虎白を入れようとしてくる。

「お前なあ！」

　藻掻いてそこから顔を出すと、今度は切なげな鳴き声を上げてざらざらとした頬を虎白に擦りつけてきた。

「星龍様、とにかく一度、変化を解いて話し合いましょう！」

龍族の者もそう星龍に声をかけたが、星龍はぷいっと顔を背け、虎白にすりすりと頬を寄せてくる。

「あれだな。とにかく癇癪は収まったのだから、しばらく放っておけばいいんじゃないか？」

虎白はそう言って星龍の身体から降りようとしたが、また星龍に衣を咥えられ、元の場所へと戻される。

「おい、いい加減にしろよ。遊んでいる訳じゃないんだよ、俺は」

だが、星龍は虎白が降りようとするたびに同じことを繰り返し、そのあまりのしつこさについに虎白は匙を投げた。

「ああもう！　分かった！　お前の気の済むまで一緒にいてやるから、とにかくここから降ろせ！」

そうして虎白は、星龍と二人きりで洞窟で過ごすことになったのだ。


「なあ、お前まだ戻れないのか？」

皆が引き上げた後、真白が差し入れてくれた毛布に包まって星龍を見上げると、星龍は悲しそうに「グルルルル」と鳴き声を上げた。

二人きりになって思い出したのだが、星龍はまだ発情期である。どうやら肌を触れ合わせたい気持ちが抑えられないらしく、先ほどからずっと虎白の頬に鼻先を擦りつけては切なげな声を上げている。

虎白は考えた。龍族の発情期って、まさか龍と裸で繋がる訳ではないよな？　繋がる、という意味があまりよく分からないが、ここまで体格が違いすぎると、肌を触れ合わせるだけでも相手が死ぬ可能性があるのではないか。

だからつい、言ってしまった。

「そんな姿で発情期も何もないだろうが。俺を押しつぶす気か？　せめて人の姿で触れてこいよ」

するとどうだろう。星龍は少し首を傾げた後、すんなりと人の身体に戻ったのだった。

「何だお前、戻れるんじゃないか。だったらこんなところで寝る必要は……おい、何だ、どうしたんだお前」

星龍の目が、じっと虎白を捉える。どうやらまだ完全に理性は戻ってきていないようで、星龍は龍の時と同じように、虎白の頬に頬を擦り寄せ、そのまま虎白を押し倒してきた。

何だか子供に懐かれているような気になって好きにさせていると、龍のざらりとした舌が虎白の頬を舐め、腰帯に手がかかる。

「おい、何をする気だ」

腰帯を解かれ、深衣がはだける。ひんやりとした手が虎白の胸に触れ、それから小さく唸り声をあげた。その理由に気づいて、虎白は「ああ、これか」と自らの胸元を眺める。

「大した怪我じゃない。すぐに治る」

ここに来る前に父につけられた傷だ。ここの清浄な空気のお陰か、いつもより治りが早く、もうほとんど瘡蓋になって剝がれかけている。

星龍はその傷を見て目を細め、それからざらりとした舌でそこを舐めてきた。

「おい、何のつもりだ。傷を舐めるなんて、何を考えて……」

言葉が途中で止まったのは、星龍に舐められるたびに、少しずつ傷が治癒していくことに気づいたからだ。

「お前、そんな力があったのか……？」

虎白は、星龍の神通力の詳細を知らない。それは大抵の獣人族に言えることだ。互いに友好的な関係を築いているとは言っても、いつ敵対するかは分からない。そのため、自らの手の内を明かさない者は多かった。

答えることのないまま、星龍が熱心に虎白の傷を舐めていく。最初は胸の真ん中あたりを舐めていた舌が、次第に左へと寄っていき、ある時不意に舌がそこに触れた。

「……っ！」

今まで、そこはただの飾りだと思っていた。自分で触れたこともなく、ただそこにあるだけのものという認識だった。だがざらりとした舌で舐められた途端、虎白の身体にむずむずとした形容しがたい刺激が齎されて。

「ぁ……待て、どうして、そこをそんなに舐めるんだ……っ」

星龍の舌が、そこを執拗に舐る。じゅくじゅくと音を立てて舐められて、虎白は初めて自分の身体に起こった変化に戸惑って、もじもじと足を擦り合わせた。

足の間にあるものが痛い。こんな風になったことなどなくて、虎白は慌てて星龍から逃げ出そうとしたが、いつの間にかすっかり両の腿に跨がられていて、逃げようにも逃げ出せない。

「おいっ、やめろ……いや、ぁっ、あっ」

そこを舐められるたびに、自分の声ではないような声が耳に届く。

何だこれは。一体どうしたと言うのか。自分の身体の変化についていけず、虎白はただただ初めての刺激に身体を震わせた。

星龍の手が自らの腰帯を解き、深衣の合わせを開く。そうしてそこに見えた光景に、虎白は目を奪われた。

「何だ、それ……」

中衣に隠れた腰の辺りが盛り上がっている。星龍は少し首を傾げて、中衣を下げてそこから見たこともないものを取り出した。

いや、正確には自分も同じものを持っているはずだ。けれど自分のものは柔らかく、あんな風に硬く邪魔なものではない。

虎白は困惑した。あんなに硬いものを常日頃からぶら下げていたら、戦う時に邪魔になる。

だが、星龍が虎白の中衣に手を伸ばしてきた時に、虎白は更に驚くことになった。自分についているものまで、星龍と同じ状態になっていることに気づいたからだ。

「ど、どうしてこんな……っ」

もしかして、自分もこれからずっとこのままで生きていかなければならないのだろうか。驚きに身を硬くしていると、星龍の手がそこに触れた。途端に身体がびくりと震えて、また先ほどみたいなむずむずが身体を支配し始める。

「や、やめろっ、何か、変だ……あ、ぁ……っ、い、嫌だっ、触るな……こんなの、何か……あ、あっ」

気がつけば、星龍の硬いものと一緒に握りこまれ、星龍が腰を振るたびにむずむずがひどくなっていく。

「ひ、ぁ、あ……待て、いやだ、あ、あ、何かおかしい、待て、やだっ、あ、変だ、あ、やめ、あ、ぁ、ア……ッ！」

「……っ！」

星龍の吐息に耳を擽られながら、虎白は自分の身体がぽんっとどこかへ放り投げられた感覚を覚えた。温い水の中で揺蕩うような気持ちよさとは違う、痛みにも似た気持ちよさ。これが書物で読んだ快楽というものか。

「ああ……虎白、可愛いね……すごく善かった……」

「お前、正気に戻ったのか？」

すりすりと鼻同士を擦りつけられてから、額にくちづけが降りてきた。いつもの挨拶だと受け入れていたら、今度はその唇が虎白の唇に押しつけられる。

「君がここまで許してくれるなんて、嬉しい」

「おい、やめろ。話がしにくいだろうが」

遠い地の挨拶とやらは、口同士もぶつけ合うのか。よくもこんな恥ずかしいことを挨拶なんかでできるものだと思っていると、星龍の手が先ほどまで硬かった虎白のそこをまた擦り始めた。

「お、おい、何をしているっ、もうやめ、ぁっ、あ、やめろって言って、ひ、やっ、あっ」

「気持ちいいでしょう、虎白。そういう時は、やめろではなくて、気持ちいいと言って。そうしたら、もっと善くなるから」

「き、気持ちいい？　こ、これが、あ、あっ、気持ちい……？」

「そうだね。すごく気持ちいい。私もすごく。ああ、虎白、可愛くてどうにかなりそうだ」

「あ、あ、また……？　また、するのか？　ぁっ……ん、あ、気持ちい……っ」

「うん。また気持ちいいことをしよう。気持ちいいことだけ。嫌なことは、していないでしょう？」

確かにそうだ。何だかすごく身体がむずむずするけれど、決して嫌ではない。むしろ、ものすごく気持ちがよくて、癖になりそうだ。

「あ、あ、でも……っ、肌を合わせたら、子供が……っ、ぁ、あ……っ」

「虎白、大丈夫。繋がっていないから、子供はできない。だから安心して身を任せて。発情期の間、こうして付き合ってくれる？」

「だ、大丈夫……？　あ、あ、子供は、できない……？」

「うん、大丈夫」

それなら、付き合ってやってもいいかもしれない。また星龍が暴れては困るし、気持ちいいだけだし。

「虎白、お願いだ。私に付き合って？」

くりくりと敏感になった先端を弄りながらそう囁かれ、虎白は深く考えずにただうんうんと頷いた。

「ありがとう、虎白」

また唇に唇が触れた。今度はそのまま舌が入り込んできて、虎白の舌に絡まってくる。噛まれるのかと身構えたが、そうされることはなく、気がつけば自分からも夢中で舌を絡めていた。

……だって、気持ちがよかったから。

そうして気づけば、朝方まで星龍と気持ちいいことをして過ごした。それどころかそれから数日、星龍の発情期が終わるまで、虎白はそこから出ることはできなかったのだった。


「虎白、行ってくるよ」

「ああ」

星龍の発情期が終わり、元の生活に戻る……はずだった二人だが、それまでとはがらりと変わってしまっていた。

まず変わってしまったのは、朝の挨拶である。

ちゅっと星龍の唇が触れたのは虎白の唇で、そのまま舌が入り込んできて。

「……ふ……ぅ……っ」

ひとしきり舌を絡めた後で唇が離れると、ようやく額に唇が触れて終わりとなる。

「昼には戻るから、いい子でいて」

虎白の濡れてしまった唇を指で撫でてそう言った星龍が部屋を出ると、それまで黙っていた真白が口を開いた。

「もう少し、人目を気にしていただけませんかね」

「挨拶で人目を気にするのか？」

「……余計なことを言ったら星龍様に睨まれるので、私からはこれ以上は何も言いませんけども。虎白様があまりにも純粋で、私はとても心配です」

「何の話だ」

「いいえ。龍に蹴られて死にたくないので、私は今日も授業を受けて参りますね」

最近、真白が苦いものを噛み潰したような顔をしているのをよく見るが、虎白には理由がさっぱり分からない。

行ってきますと出ていく真白の背中を眺めて首を傾げていると、不意に身体がざわりと落ち着かなくなった。

まただ。星龍と洞窟で過ごしたあの夜から、虎白の身体は少しずつ変わってしまった。時々、妙に身体が熱くなる。何かがおかしい。あの時、星龍と肌を合わせた時のむずむずに似た、けれどそれよりも淡い感覚。

きっとあいつが変なことばかりするからだ。このおかしな感覚も、見合いが終わってここを出ればなくなるだろう。

ここを出る。

当然のことなのに、そう考えた途端に胸が苦しくなって、虎白は自分を叱咤した。

居心地の良さに慣れては駄目だ。確かにここは快適だ。父に叱られる心配もなく、真白の身の安全を心配する必要もない。美味い料理が食べられ、夜になれば寝心地の良い寝場所があり、星龍の温もりがついてくる。だがそれは、ずっと続くものではない。しばらくすれば、また元の生活に戻るのだ。

元の生活に戻る。

白虎の里に戻り、あのぼろぼろの薄汚れた館で、真白と二人の暮らし。これまではそれが自分の精一杯の幸せだと思っていたのに、今はそれがひどく寂しいものに思えた。

「……帰りたく、ないな」

自分の口から出た言葉にはっとして、虎白は慌てて口を押さえる。

今、何を言ったのか。驚いたが、それはまごうことなき虎白の本心だった。

だが、そんなことはできない。あり得ない。そう虎白に突きつけてきたのは、開け放たれた窓の枠に留まった一羽の鴉だった。

「カー！」

それは父が緊急時に使う鴉で、虎白は鴉に近づき、その足に括りつけられていた文を開いて読む。

【縄張り内に妖が出現。今すぐ退治に迎え】

地図と共に簡潔に用件のみが記されたそれは、問答無用の命令である。行かないという選択肢はなかった。虎白は手早く支度を整え、久しぶりに剣を手にする。

そうしてこっそりと、誰にも告げずに龍族の里を抜け出した。早く退治して戻ればいい。そう浅はかにも考えたことを、後悔するとも知らずに。

「何だ、こいつは……！」

地図に描かれた場所にいたのは、見たことのないほどに大きな妖だった。虎白の三人分はあろうかという背丈に、でっぷりと太った体格。毛むくじゃらの身体からは悪臭を放っていて、匂いを嗅ぐだけで気分が悪くなる。

だが一番厄介なのは、口から吐き出される涎だ。何もかも溶かすようなその液体は、少し触れただけで虎白の身体に大火傷を齎した。

「チッ！」

肌がチリチリとするのは火傷のせいだけではなく、虎白の本能が危険を察知しているからだ。この妖は今までのとは訳が違う。これまで虎白が出会った中でも最悪のものだろう。

「この野郎！」

唯一の救いは、妖の動きが鈍いことだ。これに速さが備わっていたら、虎白にはもう手も足も出なかった。両手を振り上げてこちらに向かって叩きつけようとしてくる攻撃をひらりと躱し、そのまま腕に乗って走って目に剣を突き刺す。

「グギャアアアア！」

けたたましい咆哮。だが、手応えはあった。このままならいけるかもしれない。そう思った時、不意に背後から飛んできた何かが、妖にぱふんと当たって弾けた。

「それぐらいで情けない声を出すんじゃない！」

「鹿琳⁉」

振り返ると、そこには何やら丸みを帯びたものを持っている鹿琳が立っていて、虎白は咄嗟に「逃げろ！」と叫ぶ。

「こんなところで何をしている！　巻き込まれたいのか⁉」

だが鹿琳は、そんな虎白を見て腹を抱えて笑い出した。

「あはははは！　この期に及んでまだ分からないの⁉　やっぱり馬鹿だね！」

「何のことだ！」

「そいつは僕が封印を解いたんだよ！　お前をここに誘き寄せて殺すためにね！」

「……っ！」

鹿琳の嘲る声に絶句した。封印を解いた、だと？　それはすなわち、この妖が封印することしかできなかったほどに強いということである。

「馬鹿か！　封印を解くなんて正気じゃない！　何かあったらどうするんだ！」

「知らないよ！　一度封印できたのだから、また誰かが封印するさ！」

「そんな後先考えない方法で、本当に何とかなると思っているのか⁉」

信じられない。もしこの妖を放置することになったら、どれだけの者が被害に遭うと思っているのか。

「うるさい！　うるさいうるさいうるさい！　お前に僕の何が分かる！　僕は幼い頃からずっと星龍様の番になるんだと言い聞かされて育ったんだ！　あの美しい方の隣に相応しいのは僕だけだ！　それをお前が！　お前なんかが！　あの方を惑わせたから！」

「そんなくだらない理由で、こんな化け物の封印を解いたのか!?」

「くだらない!?　くだらないだって!?」

鹿琳は激昂して、髪を振り乱して叫んだ。

「僕はずっと、あの方の番になるために努力してきたんだ！　それなのに星龍様は、よりにもよって半端者のお前なんかを……！　ずっと僕の味方だったはずの龍族の者達まで、いつの間にかお前のことを受け入れ始める始末さ！　僕のこれまでの努力はどうなる！　お前さえ……お前さえいなければっ、僕があの方の隣にいたはずなんだ！」

地団太を踏んで怒鳴った鹿琳は、手に持っていた丸いものを、また妖に向かってぶつけ始める。

「お前、さっきから何をしている！」

「これは他の妖を捕まえて作った、特製の栄養剤さ！　妖の能力を最大限に引き出すことができる！」

「正気か!?　そんなことをすれば、益々手がつけられなくなるんだぞ!?」

「全部お前が悪いんだろ！　お前さえいなければ、僕だってこんなことをせずに済んだんだ！　お前のせいで、僕は龍族の里を出入り禁止になった！　発情期に入った星龍様の相手をしようと思っただけなのに！」

あの時鹿琳が洞窟に入ったのは、無断でのことだったのか。そんな場合ではないのに、そのことにほっとしている自分がいて、虎白は戸惑った。

「星龍様をその気にさせるために、お前の衣まで着てやったのに！」

「俺の、衣？」

どうしてそこで、虎白の衣が出てくるのか。虎白が怪訝な顔をすると、鹿琳は嘲るように笑った。

「ははは！　まったくおめでたい！　お前、まだ気づいていないのか!?　僕がどうしてお前がここに来ることを知っていたと思うんだ！」

「え……？」

言われて初めて、そうだ、と気づく。

鹿琳が自分を殺すつもりでこの妖の封印を解いたとして、どうしてここで待ち受けることができたのか。

不意に頭を過ぎった想像が形になりかけた時、それを許さぬように妖がまたけたたましく鳴いた。

「グギャアアアアアアアア！」

咄嗟のことに、判断が遅れる。自分だけが避けるのに精一杯で、鹿琳を突き飛ばしてやることすらできなかった。

「ぎ、ぎゃあああっ！　熱い、熱い……っ！」

避けた虎白の代わりに、鹿琳が叫び声を上げる。

「鹿琳！」

顔を押さえた鹿琳が転げ回るのが見えたが、最早どうしてやることもできなかった。じゅう、と嫌な匂いがする中、苦痛で声を震わせながら鹿琳が喚く。

「僕の、僕の顔が……！　こんなはずじゃなかったのにっ、話が違うじゃないか！　どうして助けに来ないんだよ！　あの嘘吐き！　何とかしてやると言ったのに！」

吐き捨てるような鹿琳の言葉が気になったが、とにかく今は一刻も早く目の前の妖を何とかしなくてはならない。身を守ることが優先で、後のことはそれからだ。

ぐちゃぐちゃになりそうな心を何とか奮い立たせ、虎白は妖と向き合う。

「来い！」

そこからはもう、ただ必死だった。けれど一人で戦うにはあまりにも強大すぎる相手に、少しずつ虎白の体力が削がれていき、気がつけば足はふらふら、身体は火傷だらけで、立っているのがやっとの状態にまで追いつめられる。

もう駄目かもしれない。初めて、死を覚悟した。……いや、初めてのはずなのに、死を覚悟した時、妙な既視感があった。

こんな風に思うのは、本当に初めてだっただろうか。何か……何かが記憶に引っかかる。身体が冷たくなっていく恐怖と、全てを諦めた瞬間。

……そうだ。確かにあった。あの時だ。どうして忘れていたんだろう。

かちり、と封印が解かれるみたいに、記憶の蓋が開いた。

まだ自分達が子供だった頃の記憶。

記憶の中のそれと、目の前の妖が被って見える。

『虎白、逃げて！』

そうだ。あの日、いつもの場所で遊んでいたら、突然こいつが現れたのだ。

最初に標的にされたのは星龍だった。逃げる星龍の背中に向けて伸びてきた妖の腕を蹴飛ばした感触を、足が思い出す。

『星龍、止まるな！』

蹴りは妖を止めるには至らず、それどころか代わりに捕まってしまったのは虎白のほうだった。慌てて藻掻いて逃げようとしてもどうにもならず、ぱきりと嫌な音がして足が砕けて。

『ぐ、ぁあああっ』

『虎白！』

『来る、な……！』

駆け寄ってこようとする星龍に、必死で言葉を吐き出した時の喉の痛みを思い出し、思わず喉に手を当てる。

そしてその後、妖の腕が胸に突き刺さったあの絶望も。

「お前、あの時の妖か……！」

あの時も、この妖が虎白を絶望に追い込んだ。いつもの場所で星龍と遊んでいたら突如現れた妖に、二人はなす術なく襲われ、大人達が来る前に虎白は瀕死の状態になった。

胸に触れる。そうだ。覚えのなかったこの胸の傷。これはあの時にできたものだった。妖に胸を貫かれ、体中火傷だらけで、あの時確かに、虎白の命は終わりを迎えたはずだった。

……それなのに、どうして。

どうして、自分は今、こうして生きているんだ？

「グギギギギッ！」

妖の雄叫びが聞こえ、はっと我に返る。だが、一足遅かった。

一瞬の油断が死を招く。そのことを知っていたはずなのに。

横から飛んできた妖の拳に吹っ飛ばされる。拳が当たった瞬間、メキメキと骨が軋む音が聞こえた。

「ぐふ……っ」

口から血を吐き、身体が地面に叩きつけられる。起き上がろうとした時には、もうすでに二撃目が振り上げられていて、逃げられるだけの時間がないことを察し、衝撃を受け止めるために両腕を交差させた時だ。

「虎白……っ！」

ドン！　と地面を揺さぶる衝撃と共に、妖が横に吹っ飛んでいく。

すぐに走り寄ってきたのは星龍で、虎白はほっと息を吐いたが、星龍は逆に、虎白の姿を捉えるなり顔面蒼白になった。

「虎白が……虎白が……っ」

「星龍……？」

は、は、と細かく吐き出される星龍の息遣いが聞こえる。次の瞬間には、星龍は目の前から消えていて。

そしてまた次の瞬間には、頭上に龍が現れていた。変化した星龍だ。

すぐに雨が降り注いできて、虎白は濡れる睫毛を瞬かせながら、星龍を見上げる。稲光が綺麗だ、と思ったら、それはすぐに妖に直撃し、ものすごい衝撃と共に妖が地面に転がった。

「あいつ、天候を操れるのか……」

凄まじい威力だ。あれに勝てる可能性があるかもしれないなんて、一時でも考えた自分が馬鹿だった。

あっけないほど簡単に、星龍は妖を退治してみせた。あまりの実力差に、もう嫉妬さえも浮かばない。

あれほど自分が苦労した相手を、ほとんど一撃で倒されてしまったのだ。

「はは……」

圧倒的な力。稲光を背景に空に浮かぶ龍の姿が綺麗で、虎白は座り込んだまま空を見上げて苦笑した。

だが、とにもかくにも妖を退治した。これで安心して気を失えると、その場にどさりと身体を横たえる。そうして目を瞑りかけた虎白だが、風が強くなったことに気づいてまた目を開けた。

「……？」

目を開けると、遠くに竜巻が起こっているのが見える。まさか、星龍の仕業か？

空を見上げると、天候は今や最悪で、稲光と竜巻が辺りを覆い尽くそうとしている。

何故だ。もう妖は倒したはずだ。これ以上、何と戦う必要があるのか。

その時、星龍の咆哮が聞こえた。

「グオォォォッ！」

それは空気を震わせるほどのもので、虎白は痛む身体をゆっくりと起こした。先ほどまでより少し身体が楽なのは、この雨のせいか。星龍の治癒の力が含まれているのかもしれない。

い。

「星龍！」

声を上げれば、確かに呼吸が楽になっていた。だが虎白の呼びかけに、星龍は反応を見せない。

もしかしてあいつ、また暴走しているのか？

そのことにようやく思い至り、虎白は何とか立ち上がり、星龍に向かって叫んだ。

「やめろ！」

だが、上空にいる星龍には声が届かない。そのことに腹を立てて見上げたまま舌打ちをしたら、「虎白様！」と呼びかける真白の声がした。その声につられて視線を下におろす。龍族の者達と真白が、血相を変えてこちらに向かって駆けてくるのが見えた。

「どうして急にいなくなっちゃうんですか！　お陰で星龍様が大騒ぎして、こっちは大変だったんですよ!?」

「今のほうが大騒ぎだろうが！」

「確かに！　今度は一体何で怒って……って、何ですか虎白様その怪我は！　いい加減にしてくださいよ！　自分を大事にしてくださいと、何度言わせるつもりなんですか！」

「好きで怪我ばかりしている訳じゃない！」

むしろ命が助かったことを褒めて欲しいぐらいだというのに、真白は更に目を吊り上げて怒鳴った。

「虎白様がそんなことになったから、星龍様がああなってるんでしょうが！　気を付けてください よ！　この世界を破壊するつもりですか!?」

「どうして俺が怪我をしてあいつがああなるんだ！」

怒鳴り合っている間にも、降り注いでくる雨で全員ずぶ濡れだ。張りついた前髪が鬱陶しくてかきあげながら怒鳴ると、真白にドン！　と背中を押される。

「いいから、さっさと宥めてきてくださいよ！　あなたしか宥められないんだから！」

そんなことを言われても、あんなに高いところにいるものをどうやって宥めればいいのか。

「星龍様！　どうかお気を鎮めて！」

「大丈夫です、星龍様！　あの者は生きております！」

「星龍様！」

龍族の中でも、完全体の龍に変化できる者はほんの一握りだ。ましてやあそこまで高く昇れる者が、果たしてどれぐらいいるのだろうか。

だが、とにかく何とかしてあそこに行くしかない。

「誰か龍になれる者はいないのか!?」

虎白が叫ぶと、人混みをかき分けて双子がやってきた。

「大きくはありませんが」

「人一人を乗せるぐらいは可能です」

「よし！　だったら俺をあそこまで連れていけ！」

「はい」

「承知いたしました」

双子が手を合わせて変化すると、そこには小さな龍が一匹。なるほど。この二人はまだ未熟だが、二人でなら変化ができるらしい。

「頼んだぞ！」

『はい』

虎白が龍になった双子に跨ると、すぐにするすると高く舞い上がっていく。そうしてやっと近づけた星龍は、怒りを露わにするように口を開け、咆哮を上げていた。

「おい！」

龍から飛んで、星龍の鼻先に降りる。ふらふらと動くそこから落ちないために、両方の髭を引っ掴んで命綱の代わりにし、虎白はまた叫んだ。

「いい加減にしろ！」

この男ときたら、一体何なんだ。

好きなのかと聞けば答えないくせに、虎白のことになると我を忘れて怒り出す。

言動が一致しない。まったく理解できない。だから虎白は、星龍といると苛々してしまう。

そのくせ優しくされるとまた期待して、そして裏切られることを繰り返す。まったく腹立たしい。

「どうしてお前がそんなに怒るんだ！　関係ないだろうが！」

虎白の言葉に反論する代わりに、星龍の尾がべしんべしんと苛ついたように動いた。それにも腹が立って、虎白は苛立ち紛れに眉間を蹴っ飛ばす。

「お前は一体何なんだよ！　俺のことを好きでも何でもないくせに、何でこうやって俺のためなんかに怒るんだ！」

自分は誰にも大事にされるはずのない半端者で、いつだって誰にも頼らず生きてきたのに、さっき星龍の姿が見えた途端、あからさまにほっとしてしまった。それもこれも、この男が自分を甘やかすからだ。

「お前のせいだからな！」

誰にも頼らず生きていけるはずだったのに、お前がそうやって俺のために怒ったりするから。

俺はまた裏切られると知りながら、お前に期待してしまうんだ。

大嫌いだ。そう思えたらいいのに、いつまで経っても心底お前を嫌いになれない。

どんなに嫌っているふりをしても、心のどこかでお前への期待を捨てられない。

何度も裏切られたのに。お前は俺を愛さないと知っているのに。

……お前は本当に狡い。

いつだって、俺の心を簡単に奪っていくんだ。

とうとう、虎白は観念した。

たぶん、自分はずっとこの男を好きなままだ。愛されていないと知っているのに、裏切られたと傷ついたのに、それでも真実嫌いにはなれなかった。だからきっと、ずっとこの思いと共に生きることになる。

だったら、もういいか。

それは、諦めに似た気持ちだった。

もう、言わずにはいられない。胸の中で大きくなり過ぎたこの気持ちを、吐き出さずにはいられなかった。

「……お前がそんなだから、俺はどうしたってお前を愛してしまうんだぞ、馬鹿」

それはほとんど呟き程度の言葉だった。

それでもただ一人、この世で唯一聞いて欲しかった者にはその声が届いたようで。

星龍が急降下を始める。

「お、おい！」

慌てて角に摑まる虎白を地面すれすれのところで下ろした途端に人の姿に戻り、星龍は思い切りぎゅうっと虎白の身体を抱きしめてきた。

「私も愛している!!」

「……え？」

我が耳を疑う。だって、これまで何度聞いても一度として返ってきたことがなかった言葉なのだ。

何故？　どうして？　今更？

疑問符ばかりが頭を飛び交う虎白を置き去りに、星龍はぎゅうぎゅうと虎白を抱きしめたまま叫ぶ。

「愛してる、愛してる……！　ずっと言いたかった！」

星龍の目からはぼろぼろと涙が零れ、濡れた頬をすりすりと擦りつけられる。虎白は益々訳が分からなくなった。

「ちょ、ちょっと待て！　どういうことだ！　今まで俺は何度も聞いただろうが！　お前は一度だって答えなかったよな!?　それを今更――」

「言えなかったんだよ！」

「え？」

「それが君を助けてもらう時の、神との契約だったから！」

「神との、契約……？」

その言葉に、虎白の記憶の最後の蓋が開いた。

『虎白!!』

駆け寄ってきた星龍の顔が真っ青で、虎白は自分がもう駄目なのだとその表情で悟った。

『嫌だ、嫌だよ……っ、私を置いていかないで……！』

ぼろぼろと大粒の涙を零して泣く星龍の頰を拭ってやりたいのに、もう指先すら動かせない。

そんな顔をさせたくないのにどうすることもできなくて、それが死にゆくことよりももどかしかった。

星龍に抱きかかえられた身体にも、ほとんど感覚がない。自らの身体の惨状を思えば、痛みが分からないのは幸せなことかもしれなかった。

『一人にしないで、私を置いていかないで……っ』

『泣く、なよ……』

精一杯出した声は掠れていて、小さくて。けれども星龍はそのささやきにも満たない声を聞き逃さず、またくしゃりと顔を歪めた。

『虎白っ、どうして……どうしてこんなことに……！』

大好きな星龍。最期にこの美しい顔を見ながら死ねるのはありがたいが、願わくばもっと違う表情が見たくて、虎白は何とか口角を引き上げてみせる。

『泣くなよ……笑ってるお前の顔が、好き……なのに……』

せめて、最後は笑ってくれよ。

その言葉は音にすることもできず、急速に自分の中の何かが失われていくのを感じた。

何もかもが遠くなる。これが終わりか。ふわりと誰かに抱き上げられるような感覚は、知らぬはずの母の温もりを連想させて、虎白の身体からゆっくりと力が抜けていく。

『虎白!? 虎白！ 嫌だ！ 待って、嘘だ、やめて！ こんなの嫌だ……っ、虎白!!』

唯一、こんな自分を好きだと言ってくれた星龍。誰かに必要とされるのは初めてで、それがとてもくすぐったかった。

それなのに、最後はこんなに泣かせてしまって。

ごめんな、星龍。

『誰か……誰か、虎白を助けて……！ 何でもするから、私から虎白を奪わないで……！』

星龍の悲痛な声が耳元で聞こえる。ほとんど死を受け入れていたのに、そのあまりの切実さに、ああ死にたくない、と虎白は思った。

だが、もうどうにもならない。目前に迫った死に抗うことはできない。

その時だ。誰かの声が直接頭に響いてきたのは。

『嫌だ虎白っ、虎白が死ぬなら、私だって一緒に逝きたい……！』

『……せい、りゅう……？』

自分の身体に触れていた温もりが消え、頭上に大きな影が差す。動かない身体で何とか視線だけを彷徨わせると、空に龍の姿が浮かんでいるのが見えた。

『全部、全部壊れてしまえばいいんだ！ 私から虎白を奪う世界なんて、無くなってしまえばいい……！』

初めて見た龍の姿は、このような時であっても美しく思えた。

変化（へんげ）、したのか。

『やめ、ろ……』

止めたいのに、声が届かない。星龍の慟哭（どうこく）に呼応するように雨が降り出し、濡れそぼつ身体からは更に熱が失われていって。

誰か。誰か、助けて。

このままでは死ねない。こんな星龍を置いたままでは逝けない。

瞳（ひとみ）に涙が浮かぶ。降り注ぐ雨と混ざって頬を流れ落ちるそれを拭うこともできないまま、虎白が絶望で瞼（まぶた）を閉じようとしたその時。

【その者を助けたいのか？】

周囲が光に満ち、どこからか声が聞こえてきた。それは虎白にではなく星龍に向けられた声で、彼は一も二もなくそれに食いついてしまう。

『助けたい！』

【他の何を犠牲（ぎせい）にしてもか？】

『何でもあげる！　私の命でも何でも、好きに持っていけばいい！　だから虎白を助けて！』

『ばか……や、めろ……』

自分のために星龍を犠牲にするなんて望んでいない。

馬鹿野郎。お前がいなければ、生き残ったって意味なんかないんだ。

怒鳴りつけて止めたいのに、声が出ない。立ち上がることもできない。

嫌だ、星龍。俺を一人にしないで。

意識を失う瞬間、頭に浮かんでいたのはそれだけだった。


——どうして、こんなに大事なことを忘れていたのか。

記憶があまりにも鮮明に蘇ったことで、あの時の心の痛みまでまざまざと思い出した。咄嗟に腕に力を込める。今腕の中にある温もりを確かに感じたかった。

「あの妖は、私達が子供の頃に現れたものと同じだ。あの時、君の命が失われていくことが私にはどうしても我慢できなくて、初めて変化したんだ」

抱きしめ返してくる腕が震えている。声も同じく震えていて、星龍もまた、あの時のことを思い出しているのだと知った。

「でもまだ未熟で、どうにもできなくて。いっそこのまま君と一緒に死ねばいいのではと考えたら、突然私の前に神が現れた」

その時の気持ちに引きずられているのか、星龍は震える手で虎白の背中を撫で下ろし、大事そうにもう一度ぎゅっと抱きしめてくる。

「その者を助けたいか？　そう神は私に問うた。もちろんすぐに答えたよ？　私の答えは当然一つだ」

「馬鹿か！　何を引き渡すことになるかも分からないのに！」

「何でもよかったよ！　君と引き換えにできるなら、私の命だって良かったんだ！　でも、神はやはりさすがだね。私にとって一番取られたくないものを取っていった」

虎白から少しだけ身体を離して、星龍は力なく笑った。

「何を、取られたんだ……？」

星龍にとって一番取られたくないものとは何だろう。

強い神通力も、美しい容姿も、優れた教養も、獣人族で一番の地位も、星龍は何でも持っているのに、一体何を取られたというのか。

だが、返ってきたのは予想外の言葉だった。

「君に愛を告白するための言葉」

「嘘、だろ……？」

それが、神との契約？　俄かには信じがたい。……だって。

「本当にそうなら、お前は今も俺に愛してるなんて言えないはずだろ？」

つい先ほど、星龍は虎白に愛していると言ったばかりだ。本当に取られたのなら、言えるはずがない。

誤魔化す気かと睨みつければ、星龍は小さく首を振った。

「あの時、神は言った。君から私に好きだと言ってもらえたら、その時は取ったものを返してやる、とね。君の命には代えられないから、私はその契約を受けた」

だからか。だから、星龍は虎白からの『俺のことを好きなのか？』という問いに、一度も答えなかったのか。

考えてみれば、無言を貫かれてはいたが、一度も否定されたことはなかったことに今更ながら気づく。

じっと虎白を見つめてくる星龍の目に、嘘は見られなかった。それどころか、その目からは溢れんばかりの虎白への気持ちが流れ込んでくる。

……きっと、ずっとそうだったのだ。虎白が向き合ってこなかっただけで、星龍の目はいつだって正直だったはずだ。虎白が星龍から目を逸らし続けた何百年もの間、この男はどんな思いで自分を見つめ続けていたんだろう。

「そこからはもう、地獄の日々だったよ？　君はどんどん私から遠ざかっていく。私はこんなにも君を好きでたまらないのに、君にだけはそれを伝えられない。でも、どうしたって諦めることはできないから、私は見合いを受けることにした」

「意味が、分からない……俺のことが好きなのに、どうして見合いを受けるんだ」

虎白のことを好きなのに別の相手と番うのは、裏切りではないのか。命を助けてもらっておきながら、そんな風に思うのは間違っている。だが虎白の心が、納得がいかないと叫んだ。

「見合いを受けることと、番になることは同義ではないよ」

「番を探すために、見合いをするんだろうが」

「そうだね。それはそうだ」

星龍の手が、虎白の頰に触れる。そこに確かに星龍からの愛情を感じて、だからこそ虎白は不思議でたまらなかった。

こんなにも俺を愛していながら、どうして。

「龍族の見合いには様々な条件がある。それは虎白も知っているね？」

「ああ。だから今まで、お前との見合いに成功した者はいなかったんだよな？」

虎白の言葉に頷いた星龍は、愛おしげに目を細め、頰を指で撫でてくる。

「その中の一つは、私自身が決めることができる」

星龍は両手で虎白の頰を包み、涙でぐしゃぐしゃの顔を歪めて言った。

「私がつけた見合いの成功条件はたった一つ。君であること」

「……っ！」

この男は、何度自分を驚かせれば気が済むのだろうか。目を見開いて言葉を失った虎白に、星龍は自らのこれまでの愛を訴えてくる。

「その条件は、誰であろうと覆せない。そうして私は、君との見合いの順番が訪れるのをひたすら待った」

龍族の見合いは、獣人族にとって最重要事項だ。確かに見合いを続ければ、いつかは虎白が候補に挙がる可能性はある。だがそれには途方もない時間がかかる。実際、虎白に辿り着くまで、二百五十年かかっているのだ。

「最初はよい相手と巡り合わせれば私が自ら条件を変えるだろうと高を括っていた龍族の者達も、次第に私の思いを理解してくれてね」

……それは、理解したのではなく諦めたと言うのではないだろうか。

二百五十年もせっせと見合い相手を探していたぐらいだ。虎白を番にすることなど、そう簡単に認めたくなかったに違いない。

「何度か白虎族に見合いを申し込んだけれど、君の御父上はなかなか首を縦に振ってくれなかった。だからよほど君のことを大切にしているのだと思っていたんだ。それなのに、ようやくそろそろ君の出番が回ってくるという時になって、慌てたように私ではない者との見合いを決めた」

「…………」

父が急に虎白に見合いをさせた理由がやっと分かった。このままでは龍族と見合いをすることになると分かっていたからか。そうなるぐらいなら、自分と懇意にしている一族の娘を番にし、今まで通りに虎白を利用しようとした。

だが父の目論見は外れ、虎白は見合いに失敗した。そのせいで龍族との見合いを受けるしかなくなったのだ。

「許せる訳がないだろう？　だからすぐに圧力をかけて、今度こそ君の御父上が断れないように追い込んで見合いを承諾させたんだ。他の者とは見合いができるのに、龍族とは見合いをさせられないということか、と」

「馬鹿じゃ、ないのか？」

俺のために、そこまでしただって？　こんなちっぽけな俺のために？

「馬鹿でも何でもいい。私はただ、君のそばにいたかった。君に愛していると言えなくても、君のそばにどうしてもいたかったんだ。それだけは誰にも譲れない。たとえ狡くても、みっともなくても、君だけは、誰にも渡せなかった」

馬鹿だ。星龍は愛していると言えないままで、それでも虎白といるつもりだったのだ。

虎白は星龍に、自分を愛してもいない相手を好きになったりしないと言った。星龍はそれでも、虎白のそばにいることを選んだ。それはどんなに辛い選択だったのだろう。

星龍の額が、こつりと虎白の額に当たる。

「けれど君が今、私のことを愛していると言った……！　私がどれほど嬉しいか分かる？」

「お前……」

星龍の目から、またぽろぽろと涙が零れ落ちていく。だが今度は、それが嬉し涙なのだと分かった。

「虎白、虎白、愛しているんだ……君だけを、ずっと愛していた。これまでだって、これからだって、生涯君だけだという自信がある」

その言葉を、嘘偽りなく心から信じられる。

だってこの男は、あの時自分のために全てを懸けたのだ。たとえ代償に取られたものが命であったとしても、あの時の星龍は差し出しただろう。これほどまでに自分を愛する者が他にいるはずがない。

すりすりと鼻と鼻を擦りつけた後、星龍は言った。

「だから、私の番になって」

「お前の、番に……？」

「そうしたら私が、君を全力で幸せにするから。誰にも邪魔なんかさせない。邪魔する者は皆蹴散らしてあげる」

星龍の番になる。そうしたら、ずっとそばにいられる。この温もりを、もう手放さなくてもいいということか？

「幸せになんか、しなくていい」

星龍の頬に触れる。涙に濡れるそこを親指で拭う。

「虎白、そんなことを言わないで。私は――」

「幸せになんかしなくていいから、ずっとそばにいてくれるか……？」

誰かと共にある人生が、憧れだった。

幼い頃から一人でいることが当たり前で、誰にも頼らないと嘯きながらも、心のどこかでたった一人の誰かを求めていた。

ずっとそばにいてくれる人。

真白を拾った時、彼がそうなればいいと思ったが、人間である真白はすぐにいなくなってしまう。そうしたらまた一人。そのことから目を背けながら、この数年は生きてきた。

けれど星龍なら、ずっとそばにいてくれる。

いや……星龍にこそ、そばにいて欲しい。

心からそう思った。

「そばにいるよ、虎白。君が嫌だと言っても、ずっとそばにいる」

「だったら……番になってもいい」

その瞬間、目の前の美しい顔が甘やかに蕩けた。それは星龍の顔を見慣れた虎白でさえ、息を呑むほどの変化で。

自分が心から望まれていることへの喜びを嚙みしめる。

ずっと誰かの特別になりたかった。でもとっくの昔に、虎白は星龍の特別だったのだ。

「虎白……ありがとう」

星龍の唇が、虎白の唇に触れる。そのままちゅくりと舌が入り込んできて、それに応えようとした時のことだ。

「……？」

「虎白、どうかした？」

不意に身体がかっと熱くなった気がして首を傾げると、次の瞬間、それは唐突にやってきた。

「……っ、ぁ……！」

ぐらり、と身体が揺れる。咄嗟に虎白の腰を抱き寄せた星龍の胸元に頰がつくと、身体の熱が益々上がっていく。

「……は、は……ぅ……っ」

何だこれは。何が起こっているのか。頭の中がぐちゃぐちゃになる。

星龍を見上げる。あの唇に吸いつきたい。舌を捻じ込んで、絡ませて、気持ちいいことがしたい。

「虎白……君、まさか……」

何かに気づいた顔をした星龍が虎白を抱き上げて、遠巻きにしていた周囲の者に叫んだ。

「皆、こちらに背を向けろ。見たら死ぬことになると思え！」

「は、はい！」

星龍の緊迫した声に、虎白は不安になる。何か大変なことが起こったのか？

「もしかして、俺……死ぬのか？」

「縁起でもないことを言わないで。そうではないよ、虎白。君に、発情期が来たんだ」

「発情、期……？」

これが？

「ああ、駄目だ。虎白、急がないと。君の発情期に引きずられて、私まで耐えられなくなってしまう」

星龍は「ごめんね」と呟いて、虎白の額にくちづけを落とした。触れた唇から、神通力が身体を伝ってくる感触がする。

「しばらく眠っていて」

その言葉に、虎白は安心して目を閉じる。

この温もりに包まれていれば、自分は大丈夫だと知っているから。


「あ、ぁっ、気持ちい……っ、ひ、ぁ……っ」

次に目を覚ました時、虎白は龍族の里にある星龍の部屋へと戻っていて、裸にされて星龍と抱き合っていた。

またしても硬くなってしまっている場所を星龍の手で擦られ、虎白は素直に腰を揺らしてその気持ちよさを享受する。

「あ、あ、い、いやだっ、来る、何か、ぁっ、また……っ」

「虎白、それは達くという感覚だ。そういう時は、達く、と言ってごらん？」

「い、いく？　達く？　あ、あ、いくっ、やめ……達くから、あ、ぁ……！」

ぷしゅりとそこから蜜を噴き上げ、虎白の身体が弛緩していく。発情期のたびに、こんなに気持ちいいことができるのなら、発情期も悪くはない。そんなことを考えていたら、星龍の手が力の入らない虎白の身体をひっくり返し、何故か虎白の尻を掴んだ。

「何をして、いるんだ……？」

快楽というものに慣れない身体に、まだ力が入らない。うつ伏せにされたままでぼんやりと問いかけたが返事は来ず、代わりに尻の割れ目にぴちゃりと滑った何かが触れて。

「ひ……な、何をしている！　やめ、あ、ぁ……そんなところを、どうして舐めるんだ……っ、やめろ、ぁ、あ……」

「虎白、少しだけ我慢して。私達が繋がるためには、ここを解さなければならない」

「い、いやだ、ぁ、あ……ん、んっ、つ、繋がる……？　あ、ぁ、ここ、で？」

信じられない。そこが何かを入れるための場所だなんて知らなかった。自分でもまともに見たことのない場所を割り広げられ、星龍の視線に晒されているのだと思うだけで逃げ出したくなるのに。

「虎白、私の番になってくれるのでしょう？　だったら、私は今すぐ君と繋がりたい。名実共に君を私の番にしてしまいたいんだ。駄目……？」

首を捻って何とか背後を振り向くと、星龍が困ったような顔でこちらを見ていた。

いくら覚えていなかったとはいえ、星龍にはこれまでたくさんの我慢をさせてきた。これ以上、何かを我慢させたくない。

「つ、番になってもいいって言った……」

虎白にはそれだけ言うのが精一杯だったが、星龍は嬉しそうに顔を綻ばせる。だがその直後、とんでもないことを言った。

「ありがとう、虎白。では、今からここに指を入れるから、力を抜いていてね」

「指!?」

舌だけでは飽き足らず、指も入れるのか!?

一体これから何が起こるのかと思うと、不安と期待がないまぜになる。

星龍と番になれることは嬉しい。けれど、上手く身体を繋げられる自信がなかった。何せ、誰かとこんなことをするのは初めてだ。

息も絶え絶えに何とかそれを口にすると、星龍は「心配しないで」と言った。

「私だって君が初めてだけれど、いつか来るこの時のために、出来得る限りの知識は詰め込んである」

だったら、いいか。虎白はそう思った。

二人共初めてなのだから、少しぐらいみっともないことになっても仕方がない。

番になるために必要なら、どんなことにも耐えて見せよう。

だが虎白は知らなかったのである。この先に待ち受ける困難が、どれほど快楽に塗れた果てしないものであるかを。


「ひ、ぁ……あ、あぁ……！」

散々舐められ、指で弄られ、恥ずかしく喘いで。

星龍に『これでようやく繋がることができるよ』と言われた時には、いっそほっとしたぐらいだった。

だが、虎白は繋がるということの意味を分かっていなかった。まさかあの星龍の大きくて硬いものを尻に突っ込むことになるなんて初めから知っていたら、きっと逃げ出していたに違いない。

「あ、待て……ぁ、う……っ」

星龍の硬いものが、身体の奥を割り開いていく。それは未知の感覚で、虎白は身体をぶるりと震わせた。散々舐められてふやけてしまっているからか、痛みはなかったが、中でどくどくと星龍の熱が震えているのが分かる。

「あ、ぁ、どこまで……ぁっ、とま、止まって……」

押し込まれていく感覚に、背がひくつく。どこまで入り込んでくるのか、怖い。

「虎白、あともう少し、だから……」

耳元で、星龍が奥歯を噛みしめた音が聞こえた。星龍が苦痛を感じている。きっと自分が上手くできないせいだと思うと、目尻に涙が浮かぶ。

「虎白、ごめんね。痛いの？」

顔を上げた星龍が、虎白を見下ろしてくる。その表情に腰が疼いて、虎白は知らず腰を揺らした。

「……っ」

身体がおかしい。自分のものではないみたいに、虎白の意思を無視して勝手に動く。意識がとろりと蕩けたみたいで、まともに考えられない。分かるのは気持ちいいということと、目の前の男が好きだということだけ。

「ああ、虎白……そんな目で、見ないで。優しくできなくなる」

星龍が声を掠れさせると、腹の奥にあるものがびくりと震えた。

そうだ。星龍の熱だ。自分の中に星龍の熱がある。そう思うと、ひどく安心した。星龍を自分の中に取り込んで、自分だけのものにした。今この瞬間、星龍は間違いなく虎白のものだ。

「星龍……俺の、ものだ」

「もちろん。全部、君のものだよ」

奥まで貫かれ、強く抱きしめられ、この温もりが自分のものになったと強く意識した、その時である。

「……？　ふ、ぁ、あ、あああぁ！」

何かが身体の中でぱちんと弾けたような違和感。そして、殻が割れるようにして、自分の肌から何かが剝がれ落ちていくのを感じた。

そして。

「虎白……！」

虎白の身体の変化にいち早く気づいたのは星龍だった。

「変化している！」

「え？」

「耳が出ている！」

言われて、自らの頭に手を伸ばす。そこには、これまで一度として触れたことのない、もふっとした何かがあって。

「これが、耳……？」

「うん。ものすごく可愛い耳がある。……ああ、ほら、尻尾も」

星龍の手がどこかに触れた途端(とたん)、身体がびくりと震えた。自分の身体に、新しい感触が増えている。視線を落とす。星龍の手の中でふるふると動く尻尾は、確かに自分の身体の一部だった。

「俺……変化、したのか……？」

「どうやら、そのようだね」

肯定(こうてい)され、ようやくじわじわと実感が湧(わ)いてくる。

「もう、半端(はんぱ)者じゃない……？」

「君を半端者だなんて思ったことは一度もないけれど、君のことをそう言える者は、最早(もはや)いないだろうね」

「は、はは……！」

変化した。ようやく変化した。胸の中でずっと痞(つか)えていたものが取れるのを感じる。

ずっと、変化できない自分のことが嫌(きら)いだった。獣人(じゅうじん)族である証(あかし)。それが欲しかった。そうしたら父に認めてもらえるかも。少しでも目を向けてもらえるかも。そう願っていた。

でも、今は。

「これで、お前に相応(ふさわ)しくなれたか……？」

星龍の隣(となり)に並ぶために、少しでも相応しい人間に近づけたのなら嬉しいと思う。

「馬鹿(ばか)を言わないで。君に相応しい男になりたかったのは私のほうだ」

星龍は虎白の頬を撫でてそう言ったが、すぐに表情を曇らせた。途端に虎白は不安になる。

変化出来たと思ったが、やはり上手く変化出来ていないのだろうか。

「けれど、変化した君がこんなに可愛いなんて……こんな姿を見せたら、皆が君に目を奪われてしまう」

「は？」

予想とはまったく違うことを言い出した星龍は、虎白の出てきたばかりのもふっとした耳を甘噛みして低い声を出した。

「駄目だよ、虎白。絶対に駄目だ。この姿は、私以外に見せないで」

「や、やめ、そこ噛むなっ、あ、ぁ、やだ……っ、せっかく、変化できたのに！」

「虎白。約束して」

ぐっ、と腰を突き入れられる。そうされると自分でも驚くぐらいに高い声が出て、慌てて口を塞ごうとしたら両手を掴まえられてしまった。

「虎白？」

「ん、ぁっ、あ……だって、変化、あ、ぁっ、できた……っ」

「気持ちいいことする時だけ。私にだけ見せて？」

「気持ち、い……こと、あ、あ、する……？」

「そう。お願いだから、私の我が儘を聞いて？」

肩口に額を擦り寄せて甘えられ、虎白はうんうんと頷く。

「き、きくっ、聞くからっ、あ、あ、やめ、ぁっ、待って……」

奥をぐじゅぐじゅとかき回しながら言われても、まともに考えられない。

「虎白、虎白……っ、ああ、気持ちいいね」

「ん、ん、気持ち、い……っ、あ、あ、だめっ、いくっ、いく……っ」

「私も、もう限界……虎白、奥に出すよ？」

「だ、出す？　あ、あ、出す？」

意味が分からないまま、星龍の言葉をただ繰り返す。そうしている間に、身体がふわりと浮き上がるような快感に包まれて。

「ア……ッ！」

「……っ！」

それと同時に中の星龍のものがどくりと何かを吐き出す感触がして、虎白は『出す』の意味を身体で覚えた。

互いの荒い息が耳に届く。何とか無事に身体を繋げることが出来たのだ。虎白はその達成感に包まれ、誇らしい気持ちで身体から力を抜こうとしたのだが。

「まだ、全然足りない」

「え？」

そして。

抵抗も虚しく、虎白は星龍の腕に再び捕まることになるのである。

「あ、あ、無理、もう無理……っ、ひ、んんぁ……やぶ、破れる……っ」

大きなものが中で動くたびに、虎白の腹を突き破って出てきそうな気がしてしまう。それぐらい、星龍のものが奥まで入りこんでいて、虎白は「助けて」と星龍に縋る目を向けたが、それは星龍を更に喜ばせてしまっただけだった。

「ああ、可愛い……何て可愛いんだろう、虎白。ずっとこうしたかった……もう絶対に離さないから、覚悟して」

両手をそれぞれ星龍の手で拘束され、叩きつけるようにして腰を動かされる。そのたびに自分の性器からぶしゅぶしゅと液が零れて、虎白の腹を濡らしていった。

「い、いった、達ってる……っ、あ、あ、今、達ってる、のに……っ」

「ああ、私もまた達く……虎白、ここに私の子種をたくさん注ごうね。そうしたら少しずつ君の身体が私に馴染んで、龍の子を孕めるようになる」

「う、ぁ、あっ、もういやだっ、あ、ぁっ、腹が一杯……ぁ、無理ぃ……！」

すでにどれだけ注がれたか分からないぐらいに中に出されている。ぐちゅぐちゅと音を立てる結合部からは、きっと注ぎ込み切れなかったものが溢れ出てきているはずで。

それなのに星龍は、まだ足りないと息を弾ませながら言うのだ。

「ああ、虎白、私の最愛の人……やっと君を手に入れた……！」

「やめろ、やめろって、もうやだっ、あ、いく、いくっ、また……ア……ッ！」

発情期が終わるまでの七日間。虎白は一度も星龍の腕の中から解放されることはなかった。

何度もやめろ離せと喚く虎白だって、実際のところはちっとも嫌がってなんかいないというのは、星龍の身体に巻き付く尻尾のせいでばれていたに違いない。

「長、このたびはおめでとうございます」

発情期を終え、ようやく部屋から出た二人を待ち受けていたのは、ずらりと並んだ龍族の者達の歓迎だった。まさかそんな風に歓迎されるとは思わず、虎白は目をぱちくりとさせる。

「ここの者達は、俺がお前の番になっても怒らないのか？」

こっそりと星龍に話しかけただけの言葉のつもりだったが、それに反応したのは龍族の者達のほうだった。

「怒るなどとんでもない！」

「そうですよ、とんでもないことです！」

「我らの長の暴走を止められるのは、虎白様だけでございます！」

「本当に、あなた様がいてくださらなければ、きっと今頃は大変なことに……！」

龍族の者達は口々にそう言って、表情を真っ青にした。

「我が長の暴走を止めてくださり、本当に感謝しております」

「長は昔からあなた様のことしか見えておらず、すぐに気を暴走させますので、我らはずっとそれを心配しておりまして」

「気分屋で我が儘なところがございますが、虎白様への愛だけは本物ですので、どうか長を見捨てないでやってくださいませ！」

何か思っていたのと違う。虎白は首を傾げた。

どうして虎白みたいな者と自分達の素晴らしき長が番になどなるのか、という苦情なら受ける覚悟があったが、このように必死に星龍を売り込まれるとは思わなかった。

「お前達、好き勝手なことを言うね」

「ひ……っ！」

龍族の者達が星龍を見て仰け反る。どうしたのかと隣の星龍を見上げたら、にっこりとこちらに向かって笑っていて、これの何がそんなに怖かったのかと、虎白はまた首を傾げた。

「と、とにかく長をよろしくお願いします！」

「わ、分かった。なるべく迷惑をかけないようにしよう」

何ができるかよく分からないが、番になったからにはできることはすると請け負うと、龍族の者達はほっとした顔で手を取り合って喜ぶ。

その様子にまた虎白が首を傾げると、聞き覚えのある声が楽しげに言った。

「あれだけの暴走を見せられれば、誰だってそうなるよ」

「鷲嵐？」

のんびりとこちらに向かって歩いてきたのは鷲嵐だった。二人の前で足を止め、美しい所作で礼をする。

「星龍様、後手になってしまったようで申し訳ありません」

「報告は後で聞こう」

「はい」

「報告？　何のことだ？」

二人はそれに答えず、その代わりに優しい視線を虎白に向けてきた。

「星龍様と番になるんだってね。おめでとう、虎白」

鷲嵐ににっこりと笑われ、虎白はぐっと表情を引き締めて視線をうろつかせる。

「あ、ありがとう……」

こういう時、どういう顔をしていいのか分からない。恥ずかしくて逃げ出したいけど、祝われることは嫌ではなかった。

「ふふ。虎白、何だか美しさに磨きがかかったのではないかな？」

「鷲嵐」

低い声を出したのは星龍だ。

「おやおや、星龍様。心が狭い男は嫌われますよ？　私はただ、客観的な意見を述べただけなのに」

「俺が美しい訳がないだろうが。鷲嵐、目が悪くなったのか？」

星龍が勝手に用意していた衣はどれも美しいものだから、着ている衣が褒められるなら分かるが、虎白はいつも通りである。星龍が絶対に人前で出すなと騒ぐものだから、変化だってしていないのだ。

虎白が鷲嵐に呆れ顔をすると、何故か二人は同時にため息を吐いた。

「星龍様、きっとこれから苦労することになりますよ？」

「まあ、虎白のそばにいられると思えば、苦労だって嬉しいけれどね」

「これはこれは、ご馳走様です」

「おい、何なんだよ」

二人だけで分かり合って仲間外れにされたことが面白くない。むっと虎白が唇を尖らせると、星龍は楽しげにその唇に触れた後、「怒らないで？」と首を傾げて笑った。

「狡いぞ」

「ふふ」

星龍が首を傾げて笑うのは、子供の頃に虎白がそういう自分を気に入っていたと知っていたからだ。誰彼構わずやっていると思っていたものは、少しでも虎白に好かれたいがための星龍の努力だったのだと寝物語に聞いた。そうなると、途端に可愛く思えてくるから不思議だ。

「それより虎白、真白が君を心配しているのでは？」

「あ、そうだ、真白！」

言われて真白を思い出す。あれやこれやで何日も真白をほったらかしにしたままなのだ。慌てて視線を彷徨わせて真白を捜せば、じっとりとした目をこちらに向けている真白を見つける。どう見ても怒っている。

「行っておいで」

星龍に促され、虎白は真白に向かって歩き出す。背後ですぐに鷲嵐が「例の件ですが……」と話し始めたが、こちらを睨んでいる真白の目が怖くて、虎白はそれどころではなかった。

「えーと……ただいま？」

近づいて声をかければ、真白はつんと唇を尖らせる。

「何がただいまですか。虎白様、今完全に私のことを忘れてましたよね？」

「そ、そんなことはないぞ？　俺がお前のことを忘れる訳が——」

言い訳を探そうと狼狽えた虎白だったが、ぷっと噴き出す声が聞こえて言葉を止める。

「冗談ですよ、虎白様。虎白様に番う相手が出来て、とても嬉しいです」

「真白……」

「これでもうあの館に帰らなくていいんですよ？　この広い館で美味しいもの食べ放題！」

「お前なあ」

両手を広げて大袈裟に喜ぶ真白に呆れ顔をしたが、その目にはうっすらと涙が浮かんでいた。強がりに気づいて、虎白は真白の身体をぎゅっと抱きしめる。

「心配をかけたか？」

「心配なんかしません。星龍様がいてくれたら、虎白様は大丈夫だから。ただ、本当によかったなって。虎白様にずっと一緒にいてくれる人が出来た……これで、虎白様を独りぼっちにしなくて済む……っ！」

虎白の身体を抱きしめ返した真白の手に、ぎゅっと力が籠もる。世話をしているつもりで、ずっと真白に世話を焼かれていた。まだ子供なのに、真白はずっと虎白のことを心配してくれていたのだ。

「お前にだって、一緒にいて欲しい」

「もちろんですよ。虎白様が嫌だって言っても、一緒にいますからね？」

ぐすりと鼻を鳴らした真白が、ぐりぐりと胸に顔を押しつけてくる。こいつ、完全に俺の衣で顔を拭いているな。そう思ったが、それぐらいは黙って受け入れるべきだと苦笑した。

「これは困ったな。まさか虎白に浮気をされるなんて」

「くだらないことを言うな」

鷲嵐との話を終えてこちらにやってきた星龍が、わざとらしく片眉を撥ね上げて言うのを睨む。

「真白、もう少し君に時間を上げたいところだけれど、まだやらなければならないことがある。もうしばらくお留守番を頼めるかい？」

「もちろんです、星龍様。行かれるんですね？」

「そうだね。このままにしておく訳にはいかないから」

「……？　どこへ行くんだ？」

「もちろん、君の御父上にご挨拶に」

「…………」

虎白の頬が引き攣る。正直なところ、父のところへ行きたくなかった。だが、番になった以上、報告に行かない訳にはいかない。

「さあ、行こう」

龍の姿になった星龍に連れられ、虎白は白虎の里を目指す。すっかり口数が少なくなった虎白に気づいていただろうが、星龍は何も言わなかった。

そうして里に着き、虎白はすぐに異変に気付く。すんすんと鼻を鳴らすと、焦げ臭い匂いがした。どこからの匂いだろうかと考え、一つの可能性に気づいて走り出す。

「虎白？」

星龍の驚いた声が聞こえたが、気にしている暇などない。

もしかして、という虎白の危惧は現実になっていた。目的地に着いた虎白は、目の前の光景に呆然として、ぺたりとその場に座り込む。

「虎白、一体どうし……」

虎白の眼前に広がる光景を見たのだろう、星龍の言葉も止まった。

「ここはもしかして、君の家……？」

こくりと頷くことしかできない。

虎白の家。……いや、虎白の家だった場所だ。幼い頃からずっと、虎白が寝床にしていた場所。荒れ果ててぼろぼろで住むための場所だなんて到底言えなかったが、それでも虎白にとっては、これまでずっとここが唯一の居場所だった。

その場所がなくなっていた。焼け焦げた木片が散らばっている。父が燃やしたに違いない。

真白が不器用に修復した窓も、寝台も、何もかも、ここにはもうない。

「やはり来たか」

振り返らずとも、父の声だと分かった。

「何故、燃やしたのですか……」

「お前が星龍様と番になるという報告を受けた。それなら、もうここにお前の居場所など必要あるまい」

「……そこまで、俺のことが疎ましいですか？」

虎白は、初めてそれを口にした。これまで一度として、父に聞けなかった言葉だ。

「お前のせいで、私が唯一本気で愛した女は死んだ。それなのに引き換えに生まれたお前は変化すらできない半端者だ。疎まない理由があるのか？」

地面に突いた手をぐっと握りこむ。土がじゃりと爪に入り込んだが、そんなことはどうでもよかった。

やはり、自分は父に疎まれていた。分かっていたことだが、言葉にされた衝撃はあった。

「だったら、とっとと放り出してくれればよかった！　こんな首輪までつけて、飼い殺しにする必要があったのか⁉」

「その首輪がなければ、私がお前に殺されるだろうが！」

「……！」

自分が父を殺す？　そんなこと、一度も考えたことがなかった。

「は、ははははっ」

そうか。そうだったのか。

首輪に指で触れる。これは、自分と父を繋ぐ唯一のものだった。忌まわしいものであると同時に、この首輪がここにある限り、自分は父に必要とされているのだとも思えた。

けれど、違った。父はただ、虎白に怯えていただけだったのだ。

必要とされていた訳ですらなかった。それは虎白に衝撃を与えたが、同時にこれまで父に対して感じていたものが全て消え去るのを感じる。

ああ、もういいや。

そう思えたのは、その場に流れるひんやりとした空気のお陰でもあった。星龍の怒りがゆっくりと場を支配し始めるのが心地よい。少なくともここに、自分のために怒ってくれる人がいるということだから。

背後を振り返ると、父と虎白の間に星龍が立ち塞がっていた。

「白虎族の長よ。私はあなたの息子を番にすることになったご報告にこちらに伺ったつもりだったが、どうやら思い違いをしていたようだ」

「何が言いたいのです」

「彼があなたの息子でないのなら、挨拶など必要なかったと言いたいだけだ」

星龍の表情はひんやりと冷たく、言葉は刃のような鋭さで父を引き裂いていく。

「長ともあろうものが、くだらない感情に振り回されて正しくものが見られなくなるとは。虎白が半端者？　違う。虎白を半端者にしていたのは、あなただ」

「私が？　はっ、いくら龍族の長といえども、言いがかりにもほどがある」

「では、あなたは何故、虎白が変化できなかったとお思いか」

「半端者だからだ！　高貴な白虎族の血を引きながら、変化すらできない半端者だ！」

「違う。虎白が変化できなかったのは、あなたの反応が怖かったからだ。変化をすれば、あなたの本心と向き合うことになる。変化ができないから疎まれているだけならまだいい。だが、変化をして、それでもあなたに嫌われたままだったら？　そうならば虎白はこの世界に本当に独りぼっちになる。それが怖くて、虎白はこれまで変化ができなかった」

「言いがかりだ！　そいつが半端者でない証拠がどこにある！」

星龍が虎白を振り返る。

「見せてあげなさい」

そう言われ、虎白は自ら変化した。父の表情が、鮮やかなほどに変わる。

「貴様……！　変化できることを今まで隠していたのか！」

「それも違う。虎白が変化をしたのは、私と番になったからだ。あなたの愛を求める必要がなくなったから」

「……！」

星龍の言葉に衝撃を受けたのは、父だけではなく虎白も同じだった。

「それからあなたはもう一つ、獣人族の長としてやってはならないことをした。……鹿琳に封印を解く方法を教えたのはあなただね？」

「……っ、どこにそんな証拠がある！」

語るに落ちるとはこのことだ。父の反応に、虎白はああやっぱりかと項垂れる。そうであって欲しくなかった。

「鷲嵐が鹿琳から聞き出してくれた。発情期の私のもとに鹿琳を送ったのもあなただね？　虎白の匂いのついた衣を鹿琳に渡したのも」

「あの盛りのついた馬鹿がどうしてもと言うからくれてやっただけだ！」

もうこれ以上、聞きたくない。そう思った。

父が鹿琳に手を貸したのは、虎白と星龍の見合いが失敗することを望んだから。鹿琳に封印の解き方を教えたのも、そこに虎白を呼び出したのも、虎白を殺すため。

それらは全て、父が自分に殺されるのではないかと怯えていたからだ。あまりにも自分勝手。

「ははは、何て馬鹿げてるんだ……！」

ぽろりと涙が零れる。馬鹿馬鹿しくて、情けなくて。自分はこんな人からの愛情をずっと求めていたのか。

「虎白。彼は君が愛する価値のない人だ」

星龍の言葉に、虎白は頷いた。

「そうだな」

虎白が立ち上がると、父は怯えたように後ずさる。

「やはり、俺を殺す気か！　この恩知らずが！」

憎々しげに睨みつけられても、虎白の心は凪いだままだ。もういい。いいのだ。この人に愛される必要なんてない。

「いらない」

虎白の言葉に、父の動きが止まった。

「あなたなんて殺す価値もない。こっちから捨ててやる」

「……！」

それは、虎白からの決別の言葉だった。隣に並んだ星龍が、よく言ったとばかりに背を撫でてくれる。その温もりにほっとした。

「一つだけ忠告しておく。虎白は私の番となった。そしてこれからは、龍族の里で暮らすことになる。……ちょうど、こちらの館もなくなったことだしね。もしこれから先、あなたが私の番を少しでも傷つけるようなことがあれば、私があなたに報復させていただく」

「……っ、番となっても虎白が白虎族であることには変わりない」

この首に枷がある以上、虎白は父に逆らうことなどできない。暗に父がそれを突きつけると、星龍は「ああ、これ？」と虎白の首輪に触れた。

「まさかこの程度のもので、虎白の一生を自由にできるとでも？」

「何を……！」

星龍の手が、首輪を摑む。バチバチ！　とてつもない音がして、星龍の手が血に塗れていく。

「おい、やめろ！　いいから！　そんなことしなくていい！」

「よくないよ、虎白。君を思い通りにしようなんて、私が許さない」

星龍の手に、神通力が籠もる。

「星龍！」

それはあまりにもあっけなかった。

唐突にぶちりと切れたそれが、鈍い音を立てて地面に落ちる。虎白はそれを唖然と見下ろした。ずっと自分につけられていた枷。それがこんなにも簡単に壊れるとは。

「ああ、虎白に名を呼ばれるのはやはりいいね」

血だらけの手は痛いに決まっているのに、そんなことを微塵も感じさせない顔で、星龍が幸せそうに笑う。

「馬鹿か！　それどころじゃないだろ！」

「私には、そちらのほうが大きな問題だよ？　だって、君に名前を呼んでもらうのが大好きなんだ」

「これからはいくらでも呼んでやるから！　とにかく早く手を見せろ！」

「大丈夫だよ。あの枷は、内からの攻撃には強いけれど、外からの攻撃には強くないんだ」

「あの首輪が枷だと、知っていたのか……？」

「知っていたら、とうの昔に外していたよ」

星龍は憮然とした顔で虎白の頰を撫でようとして、血塗れであることに気づいて手を下ろした。

「幼い頃からずっとつけていたから、お母様の形見か何かだと思っていた。虎白が身なりを整えないのも、ただ単にそういったことに興味がないだけだと思っていたんだ。むしろ君が着飾らないことをありがたいなんて考えたりして。私は駄目だね。ずっと君を見ていたはずなのに、ちっとも分かっていなかった」

「馬鹿、そんなことはいいんだ」

抱きしめられない星龍の代わりに、虎白は自分から星龍の胸に飛び込む。

「これから、その分も大事にしてくれるんだろう?」

「もちろん。虎白がもう嫌だって言っても愛するからね?」

気がつけば、父はもうその場にいなかった。自由になった虎白の報復を恐れて逃げたのかもしれない。だが、そのことにほっとした自分がいる。

父に愛されたいと思ったこともあった。変化さえできれば、と願ったこともある。けれどその全てをここに置いていこう。そして虎白は前に進むのだ。

「虎白?」

誰より美しくて誰より自分を愛している、この世で一番愛しい龍と一緒に。

数月後。星龍と虎白の婚姻の儀が密やかに行われた。

それは派手なことを望まない虎白の希望ゆえのことだったが、真白と鷲嵐、そして龍族の者達に囲まれてのその儀式の最中、里では季節外れの花が咲き乱れ、二人の門出を祝福した。

「ねえ虎白、愛してるよ」

「はいはい、知ってる」

揃いの婚礼衣装に身を包んだ二人の美しさは、後の世にまで伝わるほどであったとか。

あとがき

皆様こんにちは、佐倉温です。今回のお話は、言葉で愛を伝えない攻めのお話が書きたい、というところから始まりました。担当様に中華ファンタジーという道筋を立てていただき、悪戦苦闘しながらここまで辿り着きましたが、彼らの恋を最後まで楽しんでいただけたら嬉しいです。

受けの虎白は、自分の心を守るためにあえて物事の深追いをせず見て見ぬふりをする大人な部分と、誰にも教えられずに育ったがゆえに性の知識に乏しい子供な部分を持つアンバランスな人で、そういう部分を上手く書いてあげられずに途中苦しんだのですが、担当様の助言のお陰で何とか書きあげることができました。

攻めの星龍についてはネタバレになりますのであまり多くは語れませんが、ただ一つの要因のために言動が一致していないと思われてしまう不憫な人です。彼には彼なりの思いがあって、そのために三百年も頑張ってきた訳ですが、最後にようやく報われてくれてよかったなあと思っております。

そして、今回も出演していただいた脇キャラの皆さん。脇キャラ好きを抑えなければと思いながら書きましたが、私の推しが皆様にバレていないといいなと願います（笑）。ちなみに龍族の皆さんも好きです。彼らはこれまでも星龍の愚痴や惚気に付き合わされてきたのだろうと思うのですが、この後は更に惚気を聞かされるようになってうんざりとするでしょう（笑）。

今回のイラストは何と！　Ｃｉｅｌ先生が引き受けてくださいました！　表紙イラストを見せていただいた時にあまりの美しさに感動して、思わず涙ぐんでしまったのは内緒です。細部まで丁寧に描いてくださって、とても感謝しております。素晴らしいイラストを描いてくださって、本当にありがとうございました！

それから担当様。いつもながら今回もギリギリまで一緒に伴走していただいて、本当に感謝しております。お話の方向性が迷子になりかけた時に的確な助言をくださるので、今回も何とか走り切ることができました。これに懲りずに、また一緒に走ってくださるととてもありがたいです。

そして最後に、この本を読んでくださった皆様。ここまでお付き合いくださって、本当にありがとうございます。この本が皆様の日々の生活に少しでも潤いを与えるものになれたなら、こんなに幸せなことはありません。世の中は目まぐるしく、楽しい事もあれば、しんどい時や悲しい時、寂しい時もありますが、皆様の貴重な数時間を明るく照らすようなお供になれますように。

それでは、また次作でお会いできることを願っております。

二〇二二年　十二月

佐倉　温

青龍（せいりゅう）の献身（けんしん）
貴方（あなた）に捧（ささ）げる300年（ねん）

佐倉（さくら） 温（はる）

角川ルビー文庫 23529

2023年2月1日 初版発行

発行者――山下直久
発 行――株式会社KADOKAWA
〒102-8177 東京都千代田区富士見2-13-3
電話 0570-002-301（ナビダイヤル）
印刷所――株式会社暁印刷
製本所――本間製本株式会社
装幀者――鈴木洋介

●お問い合わせ
https://www.kadokawa.co.jp/ （「お問い合わせ」へお進みください）
※内容によっては、お答えできない場合があります。
※サポートは日本国内のみとさせていただきます。
※Japanese text only

ISBN978-4-04-113393-4 C0193 定価はカバーに表示してあります。

KADOKAWA RUBY BUNKO

角川ルビー文庫

いつも「ルビー文庫」を
ご愛読いただきありがとうございます。
今回の作品はいかがでしたか?
ぜひ、ご感想をお寄せください。

〈ファンレターのあて先〉

〒102-8177 東京都千代田区富士見 2-13-3
株式会社KADOKAWA
ルビー文庫編集部気付
「佐倉 温先生」係